Wie Schuppen von den Augen

INA HEINRICH

WIE SCHUPPEN VON DEN AUGEN

Fünf phantastische Kurzgeschichten

Bibliografische Information der Deutschen Nationalbibliothek
Die Deutsche Nationalbibliothek verzeichnet diese Publikation in
der Deutschen Nationalbibliografie; detaillierte bibliografische Daten
sind im Internet über http://dnb.dnb.de abrufbar.

Covergrafiken: Pexels: © eberhard grossgasteiger
Unsplash: © Dave Ruck

Coverdesign, Satz, Herstellung und Verlag: BoD – Books on Demand,
Norderstedt
ISBN 978-3-7528-5707-8

Inhalt

Das Hotel

Am Morgen des 27. Juli stand das Gebäude plötzlich auf dem Platz, wo tags zuvor noch eine riesige Baulücke auf einem Grundstück zwischen zwei Straßen geklafft hatte. Ein Hotel. Sein Name: *Fennymore*. Das Hotel stand dort, als hätte es das schon immer. Aber dem war nicht so. Sobald die Stadtoberen von dieser merkwürdigen Erscheinung erfuhren, forderten sie eine Hundertschaft der Polizei an, die das Hotel großräumig absperrte. Die Menschen strömten von überall aus der Stadt herbei, um mit eigenen Augen zu sehen, was eigentlich nicht zu sehen sein durfte. Auch für heute hatte der Wetterdienst einen sehr heißen Tag angekündigt, geregnet hatte es seit Wochen nicht mehr. Wieder knallte die Sonne vom Himmel, wieder flirrte die Luft. Wieder schwitzten die Menschen, wieder roch die Luft unangenehm. Die ersten Herbeigeeilten fielen mit einer Kreislaufschwäche um, zum Glück waren auch Sanitäter vor Ort. Alle möglichen Theorien kreisten umher, um das Unmögliche irgendwie doch erklärbar zu machen. Die gigantische Werbemaßnahme einer reichen Hotelkette? Ein Filmset? Ein Scherz der »Versteckten Kamera«? Das Werk eines Aktionskünstlers? Die Invasion Außerirdischer? Ein Massentraum? Luftspiegelungen? Nein, irgendwie gab es keine vernünftige Erklärung für diese Erscheinung. Der Bürgermeister rief den Stadtrat ein, aber der konnte sich allenthalben darauf einigen abzuwarten. Hubschrauber kreisten am Himmel, Hubschrauber der Polizei, Hubschrauber der Medien. Auch ich war vor Ort, um für die lokale Zeitung zu berichten. Ich schob mich durch die Menschentraube vor der Absperrung, um ein paar Fotos zu machen. Aber von allen Seiten drängten die Menschen, ich konnte die Kamera nicht still halten. Also nahm ich das Diktiergerät zur Hand, um zu beschreiben, was ich sah: Schwere Säulen säumten den Eingang des *Fennymore*. Über einer Drehtür hing eine rote Markise. Darüber in großen Buchstaben der Name in die Fassade gemeißelt. Dicker roter Backstein war mit fließenden Ornamenten verziert. Die Fenster lagen hinter breiten Bänken, die Balkone waren wuchtig mit metallenen Brüstungen. Überall hinter den Fenstern schwere dunkle Vorhänge, vorgezogen. Ich zählte acht Stockwerke. Das Dach war flach. An seinen vier Ecken saßen oder knieten tierähnliche Figuren mit Schilden oder Schwertern, deren Gesichter nicht zu erkennen waren. Ich schob mich wieder durch die Menge und lief zur Rückseite des Hotels. Hier standen nur wenige Leute vor den Polizisten, die die Absperrung schützten. Viel zu sehen gab es nicht. Nur rückwärtige Fenster ohne Balkone. Keine Verzierungen, kein Schnörkel. Ich fragte einen der Polizisten nach neuen Erkenntnissen. Der zuckte bloß mit den Schultern. Ich beschloss, das Stadtarchiv aufzusuchen. Womöglich gab es hier einen Hinweis auf das Gebäude oder seine Entstehung. Mein Auto stand nicht weit um die Ecke. Ich öffnete das Verdeck und genoss den kühlenden Fahrtwind. Die Straßen waren so gut wie leer. Alle, die nicht arbeiten mussten oder anderweitig nicht abkömmlich waren, standen in diesem Augenblick vor dem Hotel. So schnell war ich noch nie an das andere Ende der Stadt gelangt. Das Archiv war geöffnet. Angela, die altjüngferliche Archivarin, erfüllte wohl so jedes Klischee, das einen Bediensteten im Stadtarchiv beschrieb. Kurz vor der Rente, unverheiratet, kinderlos. Graue Haare, Dutt. Klein gewachsen, zierlich. Aber mit messerscharfem Verstand, immer höflich und hilfsbereit. So viel zum Klischee. Angela führte mich zu einem der Computer, schaltete ihn an, nickte mir zu und verschwand wieder. Hatte sie schon von dem Hotel gehört? Wenn ja, ließ sie sich nichts anmerken. Wie auch immer. Ich setzte mich und begann mit meiner Suche. Aber nichts. Weder der Name noch das Gebäude wurden irgendwo erwähnt oder beschrieben. Ich arbeitete mich bis 1900 vor. Nichts. Dann fiel mir eine kleine, unscheinbare Anzeige ins Auge, die damals im »Lokalen Stadtreporter« 1952 erschienen war. Der Zeitung, aus der diejenige, für die ich jetzt arbeitete, einst hervorgegangen war. Es ging um den Verbleib eines jungen Pärchens, das zuletzt an einer Bushaltestelle gesehen worden war, wo jetzt das Hotel stand. Da die beiden jedoch nie in einen Bus eingestiegen waren, wurde die ganze Stadt bei einer weiträumigen Suche auf den Kopf gestellt, ergebnislos. Kein Hinweis auf den Verbleib des Pärchens, kein Lebenszeichen, aber auch keine Leichen. Nach zwei Jahren wurde die Suche endgültig eingestellt. Die beiden mussten es wohl doch irgendwie unerkannt aus der Stadt heraus geschafft haben. Und wie half mir diese Geschichte jetzt weiter?

∞

Am Morgen des 28. Juli beschloss die Polizei, einen Miniroboter mit Kamera in das Gebäude zu schicken. Die Bilder wurden den Stadtoberen live zugespielt, die Presse sollte wie die Öffentlichkeit zunächst außen vor bleiben. Aber einem Kollegen von mir passte das nicht und er zapfte kurzerhand die kabellose Übertragung an. Also sahen wir Presseleute ebenfalls zu. Die Halle des Hotels war hoch und voller Säulen. Gegenüber der Rezeption mit Tresen stand eine Gruppe Sessel mit Tischen. Schwere Möbel, dunkel. Mehrere kristallene Leuchter hingen von der Decke. Weiter hinten im Gebäude zwei Fahrstühle, die, und das erstaunte, scheinbar dauerhaft in Betrieb waren. Die Signale über den Türen leuchteten unablässig auf, zeigten die Stockwerke an, öffneten kurz ihre Türen, schlossen sie wieder und fuhren weiter. Kein Mensch weit und breit. Dann brach die Übertragung ab.

Am Nachmittag des gleichen Tages stand plötzlich ein Page vor dem Eingang des Hotels. Ein lautes Raunen ging durch die Menschenmenge. Der Page war davon unbeeindruckt. Wie das Gebäude selbst stand er einfach da und wartete. Er war klein, vielleicht um die 20 Jahre alt, die Uniform bestand aus roter Jacke und schwarzer Hose. Goldene Knöpfe funkelten im Sonnenlicht. Die Stadtoberen vereinbarten mit der Polizei, nun doch lieber das Militär hinzuzuziehen. Ich war auch wieder vor Ort, aber so klatschnass geschwitzt, dass ich nur noch in die Redaktion zurückwollte. Außerdem war mein Wasser leer und ich hatte schrecklichen Durst. In der menschenleeren Redaktion angekommen, setzte ich mich an meinen Schreibtisch und überlegte, wie ich niederschreiben sollte, was jeder ohnehin schon wusste. Vorher rief ich aber noch Angela an und fragte, ob sie für mich weitere Recherchen anstellen könnte. Landes-, ja, weltweit, falls es nötig war. Sie willigte ein und fragte ihrerseits, wonach sie denn genau suchen solle. Ich lachte laut auf. Wenn ich das wüsste, dann würde ich es selber machen!

∞

Am darauffolgenden Tag waren die Vorhänge des Hotels zurückgezogen und es zeigten sich Menschen hinter den Fenstern und auf den Balkonen. Der Bürgermeister atmete erleichtert auf. Keine Invasion Außerirdischer! Ich musste meine Sonnenbrille abnehmen, um die Gäste des Hotels besser sehen zu können. Alle, die ich sehen konnte, Erwachsene, keine Kinder, waren gekleidet in Frack und Kleid. Abendgarderobe. Aber keineswegs zeitgenössische Kleidung. Nein, frühes 20. Jahrhundert. Ich musste an den »Großen Gatsby« von Fitzgerald denken. Die Leute lächelten und winkten freundlich oder hielten ihre gefüllten Champagnergläser in die Luft. Die Haare der Frauen waren hochgesteckt oder umständlich am Kopf drapiert. Die Männer hatten alle kurze Haare und trugen einen Bart. Der Bürgermeister rief nun zusammen mit Polizei und Militär eine Pressekonferenz ein. Also fuhr ich zum Rathaus, froh, es wieder mit der Normalität zu tun zu haben. Ich überlegte ernsthaft, sofort Urlaub einzureichen und wegzufahren, um mich nicht länger mit dem Mysterium des Hotels befassen zu müssen. Denn irgendetwas sagte mir, dass es mit diesem Hotel nichts Gutes auf sich hatte. Berufserfahrung? Nein, mein Bauchgefühl. Meine einzige Direktive: Höre auf deinen Bauch! Denn der hatte mich nie enttäuscht. Der Presseraum war zum Bersten voll. Längst waren Journalisten und Reporter aus dem ganzen Land zugegen, unsere Stadt war die Nummer eins in allen Medien. Wie mir ein Kollege verriet, gab es im Internet bereits einen Aufruf zum Check-in in das *Fennymore* und eine Seite, auf der sich die Leute genau dafür verabreden konnten. Der Bürgermeister betrat jetzt den Raum, nahm Platz hinter einem langen Tisch, den Polizeichef zur linken, einen Admiral zur rechten Seite. Im Raum hätte ich eine Stecknadel fallen hören, so still war es mit einem Mal. Der Bürgermeister erklärte, dass man sich einig wäre, dass vom Hotel und seinen Gästen wahrscheinlich keine Gefahr ausginge und es sich um irgendeinen Trick handeln müsse, der am Ende alles ganz rational erklären würde. *Wahrscheinlich? Ein Trick? Rational?* Ich hörte weiter zu. Um aber ganz sicher zu gehen, würden zwei Soldaten noch heute in das Hotel einchecken. Jetzt wurde es laut im Raum. Alle möglichen Hände schossen in die Höhe, um Fragen zu stellen. Der Admiral hob abwehrend die Hände. Die Presse möge Verständnis zeigen. Erst wolle man sich ganz sicher sein, dann würden auch alle Fragen beantwortet. Und wann genau sollte das sein? Um elf Uhr morgens am kommenden Tag.

Natürlich schaute ich mir *das* Ereignis des Tages nicht im Fernsehen, sondern vor Ort an. Es waren zwei sehr junge Soldaten, ein Mann und eine Frau, in ziviler Kleidung, jeder mit einem kleinen Reisekoffer in der Hand, die das Hotel gleich betreten sollten. Ich wusste, in den Koffern befanden sich auch zwei Pistolen zum Schutz der beiden, und hoffte, dass diese nicht zum Einsatz kommen würden. Die zwei gingen stramm auf den Pagen zu, der sie mit einem Lächeln begrüßte, das das Eis gefrieren ließ, ihnen dann die Koffer abnahm und in der Drehtür verschwand. Der Mann und die Frau drehten sich noch einmal um, winkten zuversichtlich in die Menge und traten ein. Ich schnaufte laut. Ich wollte mit den beiden nicht tauschen. Aber weg konnte und wollte ich jetzt auch nicht mehr. Dafür war meine Neugierde einfach zu groß. Diesmal musste ich mein Bauchgefühl ignorieren.

∞

30. Juli: Pressekonferenz mit den beiden Freiwilligen im Rathaus. Alles sei vollkommen in Ordnung, erklärten die beiden einträchtig. Freundlich hatte man sie willkommen geheißen, das Personal war reserviert, aber hilfsbereit. Einen Generaldirektor gab es wohl, der habe sich aber nicht gezeigt. Den Abend hatten die beiden beim Büfett im Speisesaal verbracht. Die Gäste des Hotels waren unter sich geblieben, es war zu keinem Kontakt gekommen. Auf jeden Fall waren es Menschen, kein Zweifel. Die Nacht war ohne besondere Vorkommnisse verlaufen. Und jetzt wollten sich die beiden Soldaten auch gleich entschuldigen, um zu ihrer Truppe zurückzukehren. Überall im Raum erleichtertes Aufatmen. Ein übersinnliches Phänomen, nicht doch, scherzten die Ersten bereits lautstark. Letzten Endes war doch alles auf der Welt erklärbar. *Wirklich? Wie denn?* Hatten meine Kollegen nicht gesehen, wie unruhig die Pupillen in den Augen der beiden Soldaten hin- und her gerollt waren? Wie viel Schweiß ihnen auf der Stirn gestanden hatte? Wie monoton ihre Stimmen geklungen hatten? Wie einstudiert beider Rede geklungen hatte? Und

warum durften keine Fragen gestellt werden? Ging es denn allen hier denn so sehr um das Verlangen nach Normalität, dass sie die Realität nicht mehr sahen? Ich ermahnte mich zur Ruhe. Der Bürgermeister erhob seine Stimme und nun kam, was ich bereits befürchtet hatte: Ja, ein paar Reporter sollten ausgewählt werden, um exklusiv als Erste aus dem Hotel zu berichten. Ein Privileg also. Alle Arme schossen in die Höhe, überall kreischten die Leute ihre Namen. Ich allerdings schwieg. Ich wollte gerne auf dieses angebliche Privileg verzichten. Aber leider existierte längst eine Liste mit den Namen derjenigen, die die folgende Nacht im Hotel verbringen sollten. Ich krampfte meine Hände zu Fäusten und bemerkte, wie mir der kalte Schweiß am ganzen Körper ausbrach. Aber alles innerliche Flehen half nichts. Natürlich stand mein Name als Chefreporter der örtlichen Zeitung ganz oben auf diesem verdammten Stück Papier. Meine Kollegen gratulierten mir überschwänglich, während ich mit meiner Fassung kämpfte. Später stand ich draußen in der flirrenden Hitze und starrte hinauf zur Sonne, die erneut voller Pracht am wolkenlosen Himmel stand und auf mich niederschien. Also gut, ich konnte mich immer noch krank melden. Sollte doch ein anderer an meiner statt in das Hotel gehen. Und dann? Dann verzichtete ich womöglich auf die Story meines Lebens. Was konnte denn schon geschehen? Mein Bauchgefühl listete eine Menge unangenehme Antworten auf diese Frage auf und ich wusste, es stimmte. Und doch …eine exklusive Story! Also entschied ich mich endgültig für den Komfort der Verdrängung und befahl meinem Bauch, wider besseren Wissens zu schweigen.

∞

Frisch rasiert und neu gekleidet, fand ich mich mit drei weiteren Reportern hinter der polizeilichen Absperrung am Abend des 30. Juli wieder. Ich kannte die drei nur flüchtig, alle kamen aus den nächstgelegenen Städten. Wir begrüßten uns vor den jubelnden Zurufen der Leute auf der anderen Seite der Absperrung. Mittlerweile hatte das Rathaus eine Seite im Internet hochgefahren, auf der sich Interessierte für eine Nacht im Hotel anmelden konnten. Der Tourismusverband arbeitete seinerseits bereits verbissen an einer landesweiten Werbemaßnahme für unsere Stadt. Loch Ness war gestern, »das Hotel« war heute. Ich konnte die Geldzeichen in den Augen aller Beteiligten funkeln sehen. Wie auch immer. Es war an der Zeit einzuchecken. Wir vier gingen auf den Pagen zu, deutlich reservierter als die beiden Soldaten am Abend zuvor. Der Page nickte ernst, nahm unser Gepäck, ich hatte nur eine kleine Reisetasche gepackt, und ging wortlos voran. Er hätte auch ein ferngesteuerter Roboter sein können, so emotionslos erschien er mir. Und da war es doch schon wieder! Das verdammt ungute Gefühl, einen großen Fehler zu begehen. Verdammt noch mal! Hätte ich gewusst, dass die beiden jungen Soldaten mittlerweile unter unerklärlichen Krampfanfällen in ein Militärhospital eingeliefert worden waren, ich wäre genau jetzt davongerannt. So weit ich gekommen wäre. Aber ich wusste es nicht.

Die Eingangshalle gab sich so wieder, wie der Miniroboter sie uns gezeigt hatte. Hoch, mit großen Säulen und schweren Möbeln. Leuchter an der Decke. Die beiden Fahrstühle im hinteren Bereich. Die Halle war bis auf den Portier menschenleer. Es war ein großer Mann mit schütterem

grauem Haar, gekleidet in einen perfekt sitzenden Zwei-
reiher. Wortlos schob er uns das Gästebuch entgegen. Seine
dunklen Augen ruhten auf mir, während ich mich eintrug.
Zimmer 24. Der Schlüssel, bitte sehr. Eine angenehme
dunkle Stimme. Und das war es auch schon. Wir gingen
zu den Fahrstühlen. Fuhren in den sechsten Stock, fanden
unsere Zimmer auf dem gleichen Gang und verabredeten
uns wieder in der Halle eine halbe Stunde später. Ich war
erleichtert, dass wir vier vereinbart hatten, im Hotel zu-
sammenzubleiben. Mein Zimmer war genau so eingerich-
tet, wie ich es erwartet hatte. Ein großes Himmelbett stand
an der Wand gegenüber der Tür, links ein dunkler Schrank,
rechts war ein Fenster mit einer Kommode und einer Minibar darunter. Neben dem Bett führte eine Tür zum Bad.
Eine frei stehende Badewanne, ein Waschbecken, das war
es. Olivfarbene Fliesen. Etwas hilflos blickte ich mich um.
Das alles hier war so …ja, irgendwie der Zeit entrückt. Ich
schaute aus dem Fenster. Da draußen war die normale Welt
und es tat gut, sie zu sehen. Ich machte mich schnell etwas
frisch, dann fuhr ich wieder in die Halle hinunter. Meine
Kollegen warteten bereits. Auch ihre Zimmer wirkten wenig einladend, wie sie berichteten. Und ja, auch sie waren
froh, wenn die Nacht vorüber war. Wieso überhaupt eine
Übernachtung? Hätte ein Besuch nicht auch genügt? Rat-
losigkeit. Wir gingen zum Büfett. Der Speisesaal war groß,
mit Gemälden an den Wänden und Spiegeln. Das Essen auf
den Tischen, bis auf den Salat undefinierbar. Die Gäste des
Hotels waren zugegen, nahmen aber keine Notiz von uns.
Ich berührte einen Mann im Frack hinter mir, keine Reaktion. Aber er war kein Geist, das war doch beruhigend.
Weniger beruhigend wirkten allerdings die Gemälde an

den Wänden auf mich. Sie durften alle aus dem Mittelalter stammen und stellten immer Kriege und Schlachten dar. Nicht gerade appetitfördernd. Wir vier beschlossen, auf das Essen zu verzichten und die Bar aufzusuchen. Die Bar war leer bis auf den Barkeeper, ein junger Mann mit dunklen Locken, unruhigen Augen, aber einem freundlichen Lächeln. Er trug ein weißes Hemd zu einer schwarzen Hose. Ich bestellte mir einen Kaffee. Meine Kollegen Gin und Bourbon. Ich wollte lieber nüchtern bleiben. So saßen wir da, die Stunden verrannen, während wir tranken. Mittlerweile war ich auf Wasser umgestiegen. Nach Mitternacht gingen wir zu Bett. Wir wollten nur kurz schlafen und gleich bei Morgengrauen das Hotel verlassen. Wieder allein in meinem Zimmer, fühlte ich mich auf eine Art einsam, wie ich sie nie zuvor gespürt hatte. Ich öffnete das Fenster weit und legte mich bekleidet auf mein Bett. Dann ging es am nächsten Morgen noch schneller. Die Hitze war selbst in der Nacht unerträglich. Nicht der geringste Lufthauch. So lag ich also da, schwitzte und lauschte in die Stille. Und es war still. Zu still für ein Hotel. Es musste doch irgendwelche Geräusche geben. Von den Gästen, vom Personal, von dem alten Gebäude selbst. Ein klopfendes Rohr, das Knarren einer Tür. Aber ich hörte nur in der Ferne draußen auf der Straße ein Auto. Und das war momentan in einer anderen Welt unterwegs. Sollte ich mich womöglich doch ein wenig umsehen? Wäre das nicht meine Aufgabe? Ein paar Antworten finden? Vielleicht dachten die drei anderen ja ebenso? Nein, mir war schon mulmig genug zumute. Ich wollte keine Antworten, nur wieder raus hier. Aber die Zeit wollte einfach nicht vergehen. Ich schaute ständig auf die Uhr. Ich hätte keinen Kaffee trinken sollen. Ich stand wieder auf und fand in der Minibar einen billigen Whisky. Egal, das sollte helfen. Ich trank aus der Flasche. Der Fusel schmeckte fürchterlich. Aber er erfüllte seinen Zweck. Nach einer halben Flasche verfiel ich in einen oberflächlichen Schlaf. Erinnerungen aus vergangener Zeit mischten sich mit Bildern des Hotels. Alles verschwamm. Deshalb hielt ich es auch für ein Hirngespinst, als eine Gestalt mit langen Haaren, spitzen Zähnen und grinsender Fratze plötzlich auf meiner Brust saß und mich anstarrte. Als ich bemerkte, dass es sich keineswegs um eine Einbildung handelte, war es bereits zu spät. Die Gestalt legte ihre Klauen um meinen Hals und drückte zu. In dem Augenblick, in dem das Leben aus mir entwich, hasste ich mich mehr als alles andere dafür, meine eigene Direktive nicht befolgt zu haben.

∞

Am Morgen des 31. Juli war das *Fennymore* Hotel mit vier Reportern darin verschwunden. Dort, wo es gestanden hatte, klaffte wieder eine riesige Baulücke. Die Wachen der Polizei konnten den Vorgang schlicht nicht erklären, auch nicht die vielen Neugierigen, die in der Nacht vor der Absperrung campiert hatten. Das Hotel war von einer Sekunde zur anderen einfach verschwunden. Niemand hatte es beobachtet. Jetzt machte sich Panik breit. Die Menschen rannten wieder, diesmal aber davon. Während der Bürgermeister mit Angstschweiß auf der Stirn in einer schnell einberufenen Konferenz sich nun endlich den Fragen der Anwesenden stellen musste, versuchte Angela, die Bibliothekarin, mich verzweifelt zu erreichen. Doch mein Telefon blieb stumm. Schließlich schrieb sie eine E-Mail an die Redaktion mit folgendem Inhalt:

»Chris, ich habe etwas gefunden! Du hattest recht, die ganze Zeit. Da geht etwas sehr Merkwürdiges vor. Du erinnerst dich an die beiden Jugendlichen, das Pärchen von 1952? Im Polizeiarchiv habe ich die Akte entdeckt. Halte dich fest: Sie haben die Leichen damals sehr wohl entdeckt, in einem baufälligen Hotel hinter der Bushaltestelle, das nicht mehr in Betrieb war. Und nicht nur die Leichen der beiden. Insgesamt 25! Ein oder die Täter konnte bzw. konnten nicht ermittelt werden. Und jetzt kommt es: Der Name des Hotels war *Fennymore*. Hörst du? *Fennymore*! Das ist doch unglaublich. Und es wird noch unglaublicher: Es wurde von höchster Seite beschlossen, den Leichenfund geheim zu halten und das Hotel zu sprengen. Die Leichen sollen so übel zugerichtet gewesen sein, dass man entschied, die Angehörigen lieber anzulügen und im Ungewissen zu lassen, denn ihnen diesen Anblick zuzumuten. Viele der am Fund beteiligten Beamten wurden später dienstunfähig. Und jetzt wird es richtig mysteriös: Nach der eiligen Sprengung des Hotels wurden keinerlei Trümmer entdeckt! Hörst du? Es gab keine Trümmer! Als habe sich das Hotel in Luft aufgelöst. Die damals Verantwortlichen haben das einfach so akzeptiert. Hauptsache, das Hotel war fort! Ich habe noch in der Nacht den Polizeichef informiert. Und weißt du, was der zu mir gesagt hat? Ich solle mich dringend in eine Therapie begeben. Ein Gebäude könne sich schließlich nicht in Luft auflösen und einfach wieder auftauchen!«

Der Troll

Während der Sommersaison war es Regel, dass im Geirangerfjord mehrere Kreuzfahrtschiffe zur gleichen Zeit festmachten und Tausende von Passagieren in die Tenderboote drängten, um schnellstmöglich ans Ufer und in die bereits wartenden Reisebusse zu gelangen. Dann schnell hinauf auf den engen Serpentinen zum Dalsnibba, wo gerne noch Schnee liegen konnte, und danach hinein in das Naturkundemuseum, in dem das Leben im Fjord in vorindustrieller Zeit spürbar nacherlebt werden konnte. Ach ja, und dann war da ja noch die kleine Kirche mit ihrem Friedhof, hier auch noch schnell ein paar Fotos gemacht. So, jetzt war endlich Zeit zur Muße. Also rein in eines der ohnehin schon überfüllten Cafés, etwas getrunken und gegessen, dann ab in die nächste Menschentraube im Souvenirshop. Und dann war es auch schon wieder Zeit, um in eines der Tenderboote am Steg zu steigen und zum Schiff zurückzukehren. Genau dieses Programm hatte Herr Konrad heute hinter sich gebracht. Jetzt saß er in dem übervollen Tenderboot und atmete erleichtert aus. Er war froh, wenn er sich auf seinem Bett ausstrecken konnte. Eine übergewichtige Frau quetschte sich neben ihn auf die Sitzbank. Herr Konrad nahm schnell die Papiertüte zur Seite, in der das Geschenk für seine Frau eingepackt war. Else hatte sich eine Trollfigur speziell aus dem Geirangerfjord gewünscht, dem Ort, zu dem die beiden damals zu ihrer Hochzeitsreise aufgebrochen waren. Das war jetzt fast 40 Jahre her. Die Frau stieß Herrn Konrad ihren Ellbogen in die Seite und entschuldigte sich sofort. Der Kapitän hätte einfach mehr Boote einsetzen müssen, erklärte die Frau. Herr Konrad schwieg dazu und lächelte gequält. Else. Eigentlich hatten die beiden die Reise gemeinsam zu Herrn Konrads Eintritt in den Ruhestand geplant. Aber dann hatte sich Else kurz vor Beginn das Bein gebrochen und lag jetzt mit Gips und Schiene zu Hause im Bett, gepflegt von einer privaten Krankenschwester. Welch eine Verschwendung! Das Krankenhaus hätte es auch getan. Aber Else hatte sich fürchterlich aufgeregt und ihren Mann einmal mehr einen unfassbaren Geizhals genannt, als Herr Konrad seinerzeit diesen Vorschlag gemacht hatte. Also hatte er zähneknirschend einer Privatschwester zugestimmt. Und das nur, weil Else zu dumm gewesen war, nicht von ihrem Pferd zu fallen. Hätte sie sich doch wenigstens gleich den Hals gebrochen. Herr Konrad hatte daraufhin so getan, als wolle er die Kreuzfahrt absagen und sich ganz um seine Frau kümmern. Aber natürlich hatte Else das abgelehnt. Ihr Mann solle sich doch einmal richtig erholen. Und es waren doch nur 10 Tage! Scheinbar höchst unzufrieden hatte Herr Konrad schließlich eingewilligt. Das Tenderboot hatte festgemacht und Herr Konrad betrat nach der übergewichtigen Frau über den schmalen, kurzen Steg wieder das Schiff. Über den Lift gelangte er auf Deck fünf und suchte seine Kabine auf. Er knipste das Licht an und zog seine Jacke aus. Dann ließ er sich in den Sessel fallen. Ob er doch keine

Innenkabine hätte buchen sollen, sondern eine mit Balkon oder wenigstens mit einem Fenster? Aber diese Preise! Und zurück in seinem Haus konnte Herr Konrad den Blick von der Terrasse aus auf den Fluss genießen, solange er wollte. Herr Konrad wickelte die Trollfigur aus. Er sah sie sich an. Die Figur war ca. 50 cm hoch und schwer. Der Troll hatte eine große Nase, einen grimmigen Blick und dünne Haare. Er hielt ein Schwert in der rechten Hand, die linke ruhte auf einem breiten Gürtel. Der Troll trug ein Kettenhemd und dreiviertellange Hosen. Beine und Füße waren nackt. Meine Güte, was ein hässlicher Kerl! Herr Konrad hätte doch etwas länger suchen und nicht gleich nach der ersten Figur im Regal greifen sollen. Wie auch immer. Da hatte Else ihren Troll! Wichtig war nur, dass Herr Konrad sich nicht verdächtig machte. Und käme er ohne Troll nach Hause, nun, das hätte Fragen aufwerfen können. Herr Konrad wickelte die Figur wieder in das Papier ein und legte sie in seinen Schrank. Er schaute auf die Uhr. Es war bald Zeit zu essen. Wenn er sich jetzt anstellte, dann war er einer der Ersten am Büfett!

∞

Ein Geräusch weckte Herrn Konrad in der Nacht auf. Er lauschte in die Dunkelheit. Da war es wieder! Eine Art … Schaben, oder nein …Rascheln. Herr Konrad setzte sich im Bett auf und knipste das Licht an. Er sah sich um. Nichts. Er lauschte wieder. Auch nichts. Herr Konrad seufzte laut, machte das Licht wieder aus und legte sich hin. Da war das Rascheln wieder. Was war das? Nachdem er das Licht erneut angemacht hatte, stand Herr Konrad auf und sah sich diesmal genauer um. Er schaute in die Toilette. Auch nichts. Dann öffnete er die Schranktüren. Wieder nichts. Herr Konrad kratzte sich am Kopf. Moment! War das nicht eine Idee? Er überlegte. Er nahm den verpackten Troll aus dem Schrank, wickelte ihn aus und sah ihn sich erneut an. Ja, an sich war das sogar eine sehr gute Idee!

∞

Es gehörte zu Herrn Konrads festen Ritualen, morgens nach dem Aufstehen zunächst einen frisch gepressten Orangensaft zu trinken und dann joggen zu gehen. An diesem Ritual hielt er auch auf dem Schiff fest, einzig der Orangensaft kam aus der Flasche. Herr Konrad war stolz auf seine Figur, denn selbst jetzt als Ruheständler hatte er noch keinen Bauch und überall Muskeln statt Fett an seinem Körper. So joggte er an diesem Morgen über das Deck und genoss die anerkennenden Blicke der anderen Sportler um sich herum. Gut so, sollten sie ihn nur alle sehen! Nach dem Joggen ging Herr Konrad duschen. Als er sich anzog, öffnete er den Schrank und nahm den Troll heraus. Perfekt! Das Bett war bereits gemacht. Herr Konrad setzte den Troll auf das Kopfkissen, verließ seine Kabine und suchte das Kabinenmädchen.

∞

Im Reisebus auf der Fahrt am Ufer des Eidfjords entlang lächelte Herr Konrad zufrieden. Die Fjorde Norwegens waren eine Pracht. Vielleicht sollte sich Herr Konrad ab jetzt einmal im Jahr eine solche Reise gönnen? Der Verkauf von

Elses beiden Pferden dürfte eine hübsche Summe einbringen! War er mit dem Kabinenmädchen zu hart umgesprungen? Ach was! Und wie gut er gewesen war! Hatte dem jungen Ding vor all den Leuten eine Riesenszene gemacht. Was sie sich einbilden würde, einfach an seinen Schrank zu gehen und den Troll auf sein Bett zu setzen? Das könne sie ihren Job kosten. Wie hatte das arme Ding geweint und immer wieder versichert, dass sie niemals die Schränke der Passagiere öffnen würde. Dann hatte Herr Konrad ganz großmütig getan und sich bei dem Mädchen mit dem Argument entschuldigt, aus Sorge um seine kranke Frau daheim womöglich überreagiert zu haben.

∞

An Nachmittag, auch das gehörte zu seinen festen Ritualen hier auf dem Schiff, begab sich Herr Konrad zum Tanztee in einen der Speisesäle. Auch das war Teil seines Plans. Wie er richtig vermutet hatte, waren fast nur Senioren zugegen, Frauen in der Überzahl. Und wenn Herr Konrad dann eine von ihnen zum Tanz aufforderte, dann dauerte es nicht lange und er erzählte mit zerknirschtem Blick von seiner Frau, die er so sehr liebte und die jetzt zu Hause mit gebrochenem Bein in ihrem Bett lag. Das Mitleid der Damen war ihm daraufhin immer sicher.

∞

Am Abend des gleichen Tages war Herr Konrad sehr aufgeregt. Nur noch diese eine Nacht, dann war er Witwer! Vor dem Spiegel übte er immer wieder diesen zutiefst erschütterten, geschockten Blick, wenn er die traurige Nachricht erfahren würde. Herr Konrad seufzte laut. Wäre Else doch nicht zu so einem einfältigen, dummen Ding geworden. Und immer diese Vorwürfe. Nur, weil Herr Konrad das Geld nicht mit offenen Armen verteilte. Warum er nicht mal spenden wolle? Warum er der Gesellschaft nicht etwas zurückgeben wolle? Es fehle ihnen beiden doch an nichts? Herr Konrad hatte es eines Tages nicht mehr hören können. Und er wusste, Else musste weg. Und zwar richtig. Eine Scheidung wäre Herrn Konrad viel zu teuer gekommen. Er wusste, dass Else schon lange davon träumte, noch einmal eine Kreuzfahrt wie diese zu unternehmen. Also hatte er eine solche gebucht und Else damit überrascht. Dieses dumme Ding. Hatte vor Rührung geheult. Lächerlich. Zurück von der Reise wäre Herr Konrad freilich alleine gekommen. Else wäre irgendwo auf hoher See über Bord gegangen, schließlich litt sie unter einer angeborenen Herzschwäche, die sie immer wieder ohnmächtig werden ließ. Und zu seiner tiefsten Bestürzung wäre Herr Konrad just in diesem Augenblick nicht zugegen gewesen. Herr Konrad lächelte. Aber jetzt war alles noch viel besser.

∞

Nach dem Essen gönnte sich Herr Konrad einen Drink an der Bar. Und noch einen. Dann hatte er die nötige Bettschwere. Er ging in seine Kabine und zog sich im Dunkeln aus. Das erschien ihm irgendwie angemessen. Er schlüpfte unter seine Bettdecke und stieß mit dem Kopf an etwas an. Verärgert machte Herr Konrad das Licht an und staunte nicht schlecht. Auf seinem Kopfkissen stand der Troll! Herr

Konrad verstand nicht. Aber natürlich! Er hatte ihn doch selbst dort hingestellt! Herr Konrad atmete erleichtert aus. Er stellte den Troll auf den Nachttisch, machte das Licht aus und schlief sofort ein.

∞

Frisch und ausgeruht wachte Herr Konrad am nächsten Morgen auf. Auf dem Weg zur Toilette wunderte er sich kurz, wann in der Nacht er den Troll in das Regal gestellt hatte?

∞

Heute war Seetag, was hieß, dass das Schiff heute an keinem Hafen anlegen würde. Deshalb würde Herr Konrad heute nach dem Joggen schwimmen gehen. Das hielt ihn fit und außerdem wollte er nicht rumsitzen und warten. Er schaute auf die Uhr. Else musste ihre Morgenmedizin genommen haben. Jetzt dürfte es nicht mehr lange dauern. Das Gift würde seine volle Wirksamkeit entfalten. Vorsichtshalber hatte Herr Konrad die für einen Menschen tödliche Dosis weit überschritten. Wie gut, dass Else eine Abneigung gegen Tabletten hatte und wenn möglich immer zu Tropfen griff. So hatte Herr Konrad die Schmerztropfen leicht mit dem Gift vermischen können. Dass seine Fingerabdrücke auf der Flasche waren, geschenkt. Schließlich hatte er die Medikamente für Else selbst aus der Apotheke geholt. Und die der Privatschwester waren natürlich auch darauf wie die von Else selbst. Und das Gift? Oh, das hatte Herr Konrad über viele Monate in seinem Tresor in einer Kühlbox aufbewahrt. Natürlich blieb ein Restrisiko, dass Else doch obduziert wurde, wenn der zuständige Arzt Zweifel an der Theorie eines Herzstillstandes hegte. Aber selbst dann! Manuel, der Mitarbeiter aus der Poststelle der Fabrik, war vor ein paar Wochen in seine Heimat Brasilien mitsamt seiner geliebten Skorpione zurückgekehrt (Herr Konrad hatte sich höchstpersönlich für eine Ausfuhrgenehmigung der Tiere stark gemacht). Und Manuel war der Einzige, der eine Verbindung zwischen dem Gift und Herrn Konrad hätte herstellen können. Eigenartig, welch Hobbys mancher pflegte. Nun, und der Ehemann der Verstorbenen? Der befand sich auf einer Kreuzfahrt in Norwegen! Herr Konrad schaute wieder auf die Uhr. Else musste tot sein. Herr Konrad beschloss, sich jetzt doch einen frisch gepressten Orangensaft an der Bar zu bestellen, auch wenn der Preis natürlich vollkommen überzogen war.

∞

Herr Konrad stand an der Reling auf dem Oberdeck und schaute auf das Meer. Die Sonne schien, ein leichter Wind wehte und Möwen kreisten über der Wasseroberfläche. Herr Konrad hielt diesen Ort auf dem Schiff für mehr als angemessen, wenn er in kurzer Zeit von Elses traurigem Ableben erfahren würde. Herr Konrad war jetzt doch ein wenig angespannt. Hoffentlich wirkte er überzeugend? Herr Konrad wartete und wartete, aber nichts geschah. Die Passagiere um ihn herum lachten und genossen den Tag, während das Personal emsig seinen Aufgaben nachging. Für Herrn Konrad interessierte sich niemand. Er wurde unruhig. Vielleicht wartete eine Nachricht in seiner Kabine auf ihn? Aber auch dort nichts. Na gut, vielleicht hatte es irgendwelche zeitlichen Verzögerungen gegeben. Das konnte natürlich immer vorkommen. Herr Konrad musste einfach nur die Ruhe bewahren. Und wieso saß dieser verdammte Troll mitten auf Herrn Konrads Bettdecke? Jetzt war er wirklich wütend und suchte nach dem Kabinenmädchen, das er aber nicht fand. Herr Konrad schäumte vor Wut. Waren denn alle um ihn herum Schwachköpfe?

∞

Beim abendlichen Büfett hatte Herr Konrad mehr Wein getrunken als geplant. Er musste ruhig werden und vor allem bleiben. Noch immer hatte ihn niemand aufgesucht und von Elses Tod berichtet. Herr Konrad könnte natürlich zu Hause anrufen, aber dann hätte er sich verdächtig gemacht. Denn Else und er hatten vereinbart, dass Herr Konrad sich eben nicht während der Reise bei Else melden würde. Viel zu teuer solch ein Telefonat. Also musste Herr Konrad weiter abwarten. Er trank noch mehr Wein und torkelte gegen Mitternacht zu seiner Kabine zurück. Jetzt würde man ihn bestimmt nicht mehr stören wollen (was in Herrn Konrads Zustand auch besser war), und gleich morgen früh würde das Warten ein Ende haben. Bestimmt! Herr Konrad machte das Licht an und zog sich unsicher aus. Er musste sich an den Wänden abstützen, um es in sein Bett zu schaffen. Wieso war das eigentlich nicht gemacht? Vorhin, da war es doch …? Herr Konrad schüttelte den Kopf. Er musste sich wohl noch mal hingelegt haben am Nachmittag. Verdammt, dieser Alkohol. Herr Konrad schlug die zerknitterte Bettdecke zurück und erschrak kurz, als er darunter den Troll fand. Blödes Teil. Herr Konrad nahm den Troll und legte ihn in die Schublade seines Nachttisches.

∞

Verkatert wachte Herr Konrad am nächsten Morgen auf. Er schimpfte sich immer wieder einen Idioten, während er unter der Dusche nach und nach zu sich kam. Vor dem Spiegel übte er anschließend seine Trauermimik. Gut, das zumindest saß. Die Nachricht konnte überbracht werden. Hoffentlich noch vor Trondheim, denn Herr Konrad hatte einen Ausflug gebucht, auf den er keinerlei Lust hatte. Herr Konrad verzichtete an diesem Morgen auf das Joggen und ging gleich zum Frühstück. Er brauchte jetzt dringend Koffein. Er suchte sich einen Tisch in der Nähe des Eingangs zum Speisesaal, damit man ihn auch sogleich fand. Aber auch jetzt erschien niemand vom Personal, um mit Herrn Konrad zu sprechen. Verdammt, was war da los? Herr Konrad meldete sich nach dem Frühstück an der Rezeption, um den Ausflug für heute abzusagen. Ganz mutig fragte Herr Konrad sogar nach Post für ihn, aber es folgte nur ein Kopfschütteln. Man wünschte Herrn Konrad gute Besserung und überließ ihn sich selbst. Verdammt noch mal! Er ging zu seiner Kabine zurück. Das Bett war gemacht und auf dessen Mitte stand der Troll. Herr Konrad lachte unsicher auf. Jetzt reichte es aber wirklich. Herr Konrad wickelte den Troll in Papier ein und legte ihn in seinen Koffer, den er zusätzlich verschloss. Wenn das Kabinenmädchen jetzt nach dem Troll suchte, dann müsste sie den Koffer aufbrechen und wäre anschließend ganz sicher ihren Job los.

Herr Konrad lobte sich selbst. Nicht mit ihm! Er wollte sich ein wenig ausruhen und legte sich auf das Bett. Nein, die Krönungskirche in Trondheim wäre heute nichts für ihn gewesen. Das ließ sich nachholen. Herr Konrad schlief sofort ein und träumte unruhig. Er erwachte schreckhaft und schrie auf: Der Troll saß auf seiner schweißgetränkten Brust. Herr Konrad schlug die Figur auf den Boden. Verdammtes Teil! Er rannte aus dem Zimmer zur nächsten Bar. Ein Drink folgte auf den nächsten. Das war nicht gut. Herr Konrad rief sich zur Mäßigung auf und wechselte zu Kaffee. Ihm war schlecht. Zeit zum Essen, wie die Uhr verriet. Herr Konrad ging in den Speisesaal, aber aß nur wenig. Dann trank er wieder Kaffee. Etwas musste schief gegangen sein, stellte Herr Konrad resigniert fest. Else war noch am Leben! Also gut, dann musste ein neuer Plan her. Aber nicht mehr heute, Herr Konrad wollte nur noch schlafen. Er erwartete keine Nachricht mehr, also, was sollte es? Er ging für einen kleinen Nachttrunk wieder an die Bar. Weit nach Mitternacht torkelte Herr Konrad erneut zu seiner Kabine. Er machte das Licht an und erstarrte: Da saß dieser Troll auf seinem Bett in Lebensgröße, hatte die Arme verschränkt und grinste Herrn Konrad diabolisch an. Herr Konrad rieb sich die Augen, aber das Bild blieb das gleiche. Panik stieg in Herrn Konrad auf und er brüllte den Troll an, was dieser von ihm wolle. Aber der grinste nur weiter, zog sein Schwert und richtete dessen Spitze auf Herrn Konrad. Der schrie nach Leibeskräften und rannte aus der Kabine. Andere Passagiere öffneten ihre Türen wegen des Lärms und berichteten später, wie ein Mann wie vom Teufel gejagt über den Flur rannte, hinauf auf das Oberdeck und einfach so ins Meer sprang. Hilfe war sofort vor Ort und der Mann konnte aus dem Meer geborgen werden. Aber er war tot, zu kalt war die See zu dieser Stunde. Schnell war Herr Konrad identifiziert. Seine Kabine wurde abgesperrt und in Stavanger kam die Polizei an Bord und kümmerte sich um diesen mysteriösen Fall. Nach Abschluss der Untersuchungen am nächsten Tag wurde der Leichnam zur Überführung freigegeben, da kein Fremdverschulden festgestellt werden konnte. Suizid, keine Frage. Herrn Konrads Kabine wurde wieder geöffnet. Irgendwie fühlte der Kapitän sich schuldig. Erst am heutigen Tag hatte er erfahren, dass die Ehefrau von Herrn Konrad bereits zwei Tage zuvor einem Herzstillstand erlegen war. Durch eine peinliche Datenpanne bei der Reederei war die Nachricht erst am heutigen Nachmittag auf der Brücke eingegangen. Der Kapitän schüttelte den Kopf. Womöglich hatte Herr Konrad gespürt, was fernab geschehen war, weshalb er in einer Kurzschlusshandlung über Bord gesprungen war? Las man nicht immer wieder von Partnern, die ohne den anderen einfach nicht sein konnten? Wie auch immer. Der Kapitän hatte jetzt doch andere Sorgen. Das Schiff hatte einen ganzen Tag in Stavanger verloren. Das brachte den kompletten Fahrplan durcheinander. Der Kapitän musste sehen, dass er schnellstmöglich den Heimathafen erreichte. Auf einem der Wäschewagen auf dem Weg zur Brücke fiel dem Kapitän eine Trollfigur auf. Er fragte das Kabinenmädchen danach. Die arme Frau wurde kreidebleich. Sie schwor, diesen Troll noch nie im Leben angefasst zu haben. Auch keinem der Passagiere auf diesem Deck gehörte die Figur. Deshalb beschloss der Kapitän, den Troll seiner kleinen Tochter mitzubringen. Denn noch nie zuvor hatte der Kapitän die Figur eines Trolls gesehen, der so freundlich lächelte.

Der Schriftsteller

Die Polizei hatte den Fall als Suizid zu den Akten gelegt. Carlos Lamaack, der gefeierte und mit Preisen überhäufte Schriftsteller, heiß gehandelter Anwärter für den nächsten Literaturnobelpreis, hatte sich auf seinem Landsitz das Leben genommen. Die Haushälterin hatte ihn am Morgen des 13. Juni erhängt in seinem Arbeitszimmer aufgefunden. Die schnell herbeigerufenen Ermittler konnten keine Beweise für ein Fremdeinwirken feststellen. Lamaack wies keine Abwehrspuren noch sonst irgendwelche verdächtigen Stellen an seinem Körper auf, die darauf hingewiesen hätten, dass er gewaltsam zu Tode gekommen war. Keine Einbruchspuren, keine fremden Fingerabdrücke, auch keinerlei verdächtige Hinweise auf dem weitläufigen Grundstück. Bei der Obduktion hatte man Spuren von Beruhigungs- wie auch Aufputschmitteln gefunden. Der Hausarzt der Familie Lamaack hatte eingeräumt, dem Schriftsteller Beruhigungsmittel verschrieben zu haben, da dieser über Schlaflosigkeit geklagt hatte. Die Aufputschmittel jedoch musste sich Carlos Lamaack auf anderem Wege beschafft haben. Wie auch immer. Es gab schlicht keinen Grund, Carlos Lamaacks Tod nicht als Selbstmord einzustufen. Lamaack war 75 Jahre alt geworden. Doch das Ergebnis der Untersuchung wollte die Familie Lamaacks einfach nicht hinnehmen. Deshalb saß ich jetzt der Witwe Hedwig und den beiden Töchtern Ella und Gesine, eineiigen Zwillingen, in einem Restaurant in der Stadt gegenüber. Die drei wollten, dass ich unabhängig von der Polizei meine eigenen Ermittlungen anstellte. Denn, aber das hatte niemanden bisher interessiert, Lamaack hatte an einem neuen Manuskript gearbeitet, seit über sechs Monaten. Geradezu euphorisch wäre er zu Beginn seiner Arbeit gewesen, ganz sicher, das beste Buch seiner ganzen Karriere zu schreiben. Aber dann war er immer gereizter geworden, unwirsch, geradezu aggressiv. Er verließ die Stadtwohnung der Familie und zog auf den Landsitz, den er jahrelang nicht mehr aufgesucht hatte, weil ihm das Haus viel zu »protzig« gewesen war (Hedwig Lamaack hatte es von den Eltern geerbt). Er verbot sich jedweden Besuch, allein die Haushälterin und der Hausmeister durften zugegen bleiben. Frau und Töchter hatten sich zwar gewundert, Lamaack war ein ausgesprochener Familienmensch, seinem Wunsch aber Folge geleistet. Aber dann war er auch nicht mehr ans Telefon gegangen, hatte sich immer von der Haushälterin entschuldigen lassen. Nicht einmal mehr mit seinem Verleger habe er gesprochen. Dann hatte es Hedwig Lamaack gereicht und sie war zum Anwesen gefahren. Doch sie kam erst nach den Ermittlern dort an auf. Der Rest war bekannt. Bis auf eins: Lamaacks Manuskript war verschwunden. Unauffindbar. Die Ermittler hatte das nicht sonderlich interessiert, beklagte sich die Witwe, während sie sich ein Stück Zanderfilet in den Mund steckte. Womöglich habe er es verbrannt, das würde die große Menge Asche im Kamin erklären, wer machte im Sommer sonst schon den Kamin an? Vielleicht hatte er auch gar nicht mehr daran geschrieben? Schließlich hatten weder Haushälterin noch Hausmeister in den letzten Wochen gehört, wie Lamaack auf der alten Schreibmaschine geschrieben hatte. Und einen Computer besaß er nicht. Damit war die Angelegenheit für die Ermittler geklärt. Nicht aber für die Familie. Das Manuskript musste irgendwo sein, war es das nicht, dann war das für Hedwig und ihre Töchter der Beweis, dass Mann und Vater eben doch ermordet worden war. Während ich den letzten Rest meines Kaffees herunterschluckte, beschloss ich, den Fall zu übernehmen. Ich glaubte zwar an keinen »Fall«, gab der Polizei in jeder Hinsicht recht, erwartete keine neuen Erkenntnisse. Aber mir taten die drei einfach leid, wie sie so dasaßen, den Rest ihres kleinen Fünkchens Hoffnung alleine auf mich projiziert. Wir vereinbarten, dass ich mich zunächst in der Stadtwohnung der Lamaacks umsehen, dann mit dem Verleger sprechen und am Wochenende den Landsitz der Familie aufsuchen würde. Hedwig Lamaack gab mir eine schriftliche Vollmacht, Auskunft von jedem einholen zu können, von dem ich es nötig hielt. Das betraf vor allem den Hausarzt der Familie. Sobald alles erledigt war, würde ich die Ergebnisse meiner Ermittlungen der Familie mitteilen.

∞

Später sprach ich mit meinem Vater, der mit mir und fünf weiteren Detektiven in der Kanzlei arbeitete. Er lächelte sanft in seinen grauen Bart: »Siehst du, Anne, das meine ich. Das hat uns Kerlen hier gefehlt. Weibliche Empathie. Keiner von den anderen hätte den Fall angenommen. Du schon.«

»Machst du dich über mich lustig?«

»Oh nein, ganz und gar nicht. Ich denke nämlich, dass tatsächlich mehr hinter der Sache steckt.«

Aha? »Und hast du einen Grund dafür?«

Mein Vater nickte: »Ich habe Lamaacks Bücher gelesen, alle. Mir gefällt seine Art zu schreiben. Wenn sie etwas gemeinsam hatten, dann einen unbedingten Willen zum Leben. Ich will und kann nicht glauben, dass ihr Autor sich auf eine solch billige Art aus dem Leben gestohlen hat.«

∞

Am nächsten Tag stand ich pünktlich um zehn Uhr am Morgen in der Stadtwohnung der Familie Lamaack. Mittlerweile wusste ich, dass Hedwig Lamaack die einzige Tochter eines wohlhabenden Industriellen war, der vor ein paar Jahren bei einem Flugzeugabsturz ums Leben gekommen war. Die beiden Töchter, Ella und Gesine, studierten beide in der Schweiz, wo sie bereits im Internat gelebt und ihren Schulabschluss gemacht hatten. Ich wurde freundlich von der Witwe und den Bediensteten empfangen und sogleich in das Arbeitszimmer des Verstorbenen geführt. Ich bat darum, mich allein zu lassen. Ich schaute mich um. Ein typisches Arbeitszimmer eben. Vor dem Fenster stand ein verhältnismäßig kleiner Schreibtisch, darauf zahlreiche Papiere und Stifte sowie diverse Ausgaben der Sonntagszeitung. Daneben eine Stehlampe. Ein Schrank mit Büchern an der einen Wand, darunter kein einziges von Lamaack selbst, die andere Wand war bis auf ein Gemälde leer. Ein Nachdruck des »Armen Poeten« von Spitzweg. Ich schnaufte. Da gab es wirklich nichts zu entdecken. Ich rief nach der Haushälterin und fragte nach der Schreibmaschine des Autors. Die habe er mit auf dem Landsitz genommen, so die Antwort, Lamaack schrieb immer nur auf diesem alten Exemplar von 1963. Es war ein Aberglaube, sicherlich. Aber Carlos Lamaack habe nun einmal stur daran festgehalten. Ich fragte, ob ich die Türen des Schranks öffnen dürfe. Aber ja! Und dann war ich doch erstaunt. Hinter einer dieser Türen stand eben jene alte Schreibmaschine, ohne die Lamaack angeblich nie das Haus verlassen hätte. Die Witwe kam hinzu und wurde im Gesicht aschfahl, als sie die Maschine sah. Das konnte sie sich nun so gar nicht erklären. Womit hatte ihr Mann denn dann sein Manuskript verfasst? Vorsichtig fragte ich, ob es denn nicht möglich sei, dass eben gar kein Manuskript existiere? Vehemente Ablehnung dieses Gedankens. Ich wollte wissen, ob die Polizei die Maschine im Schrank entdeckt habe. Das wusste Frau Lamaack nicht zu sagen. Ich solle jedenfalls weitersuchen, unbedingt, dann würde ich ja sehen, dass Hedwig Lamaack keinen Hirngespinsten erlegen war. Ich stimmte zu und bat, die Sonntagsausgaben vom Schreibtisch mitnehmen zu dürfen. Dann musste ich auch los, am Nachmittag hatte ich einen Termin beim Verleger.

∞

Lamaacks Verleger war ein junger Mann, dünn und groß, mit streng zurückgekämmten Haaren, für mich etwas zu viel Aftershave. Er stellte sich als Constantin Prager vor. Er habe den Job erst vor Kurzem von seinem Vater übernommen, der leider einen Schlaganfall erlitten habe. Deshalb könne er mir auch nicht viel zu Lamaack sagen, da er diesen nur einige Male kurz gesehen hätte. Aber es stimmte, Lamaack schrieb seit über dreißig Jahren exklusiv für den Familienverlag und auch das nächste Buch wäre selbstredend hier erschienen. Worum es darin ging? Da habe Lamaack sich sehr bedeckt gehalten. War sich aber sicher, einen Bestseller zu landen. Ob Prager bereits Teile des Manuskripts zu sehen bekommen habe? Nein, leider nicht. Nur eins noch: Lamaack habe bei beider letztem Telefonat vor ein paar Wochen gar nicht gut geklungen. Gehetzt irgendwie. Unkonzentriert. Brachte kaum einen vernünftigen Satz hervor. Beinahe so, als würde er den Verstand verlieren.

∞

Am Abend schaute ich mir die Sonntagsausgaben der Zeitung genauer an. Ich saß auf der Couch, die Ausgaben nach Datum geordnet vor mir auf dem Tisch verteilt. Die erste stammte vom Februar, die letzte vom März. Sieben Ausgaben genau. Alle vollständig, kaum zerknittert. Also fing ich an zu blättern. Lamaack hatte immer wieder unbestimmte Artikel umkreist, mal zum Thema Politik (ein Skandal im britischen Parlament), dann Sport (Badminton), Verkaufsanzeigen (Autos). Nichts, womit ich etwas hätte anfangen können. In der nächsten Ausgabe das Gleiche, immer so weiter. Umkreise Zeitungsartikel, nichts von Bedeutung. Ich stöhnte. Das führte doch alles zu nichts. Morgen wollte ich früh den Hausarzt der Familie aufsuchen, mittags zum Landsitz fahren. Ich erwartete, den »Fall« bereits am Abend abgeschlossen zu haben.

∞

Doktor Harmsen führte mich in sein Sprechzimmer und bat mich, Platz zu nehmen. Ja, Hedwig Lamaack habe ihn von der Schweigepflicht entbunden. Der Arzt fuhr sich mit der Hand durch die lockigen Haare. Er bewege sich da dennoch in einer Grauzone, da nicht Lamaack selbst ihn von der Schweigepflicht entbunden habe. Andererseits wolle er die Familie Lamaack natürlich auch in jeder Hinsicht unterstützen. Ich versprach, meine Fragen so behutsam wie möglich zu stellen. Erbkrankheiten? Nein. Das Herz? Nein. Lunge? Nein, auch keine anderen Organe. Also war Carlos Lamaack körperlich völlig gesund gewesen. Ja. Und was war mit der Psyche? Keine Antwort. Depressionen? Nein. Wahnvorstellungen? Schweigen. Paranoia? Schweigen. »Hören Sie, Carlos kam vor ein paar Monaten zu mir und bat mich um ein Beruhigungsmittel. Das habe ich ihm verschrieben. Er klagte über Kopfschmerzen und Schlafmangel. Das zusammen mit den Aufputschmitteln, die man in seinem Blut gefunden hat, nun, sagen wir so: *Wenn* Carlos Lamaack unter Wahnvorstellungen oder Paranoia gelitten hat, dann war das nicht organischen Ursprungs, okay?« Ich bedankte mich für die Offenheit des Arztes und hatte nur noch eine letzte Frage: Wann hatte der Arzt Lamaack das letzte Mal gesehen? Im Februar. Vor drei Wochen aber habe Lamaack ihn angerufen. Doktor Harmsen beugte sich über seinen Schreibtisch und flüsterte: »Es hing irgendwie mit dem Manuskript zusammen. Er wollte unbedingt mit mir sprechen. Ich bat ihn, in der Praxis vorbeizukommen. Er ist nie hier erschienen!«

∞

Doktor Harmsen hatte von dem Manuskript gesprochen. Anders als bei Constantin Prager, dem Verleger, maß ich *dem* Bedeutung zu. Also gab es doch ein Manuskript? Wenn ja, hatte Carlos Lamaack es gut versteckt. Nur warum? Wollte er nicht, dass es nach seinem Tode veröffentlicht wird? Der Landsitz der Lamaacks war ein altes Gebäude, im viktorianischen Stil gebaut mit zwei langen Seitenflügeln. Darum ein riesiger Garten mit Rosen, Brunnen und Buchsbäumen, alle in die Form von Kreisen geschnitten. Die Wege mit hellen Kieselsteinen bedeckt. Die Haushälterin erwartete mich bereits. Sie war klein, mollig und um die fünfzig Jahre alt. Ihre Augen waren rot mit dicken Ringen darunter. Ja, der Tod von Carlos Lamaack sei ihr sehr nahegegangen, gab sie in der großen Eingangshalle zu. So ein anständiger Mann. Und dann so etwas. Ich fragte sie nach ihrer Meinung. Nun, sie habe Herrn Lamaack gefunden. Nein, am Selbstmord hege sie keine Zweifel. Wir waren derweil die Treppe im rechten Seitenflügel hinaufgegangen. Jetzt standen wir vor dem Arbeitszimmer des Schriftstellers. Die Haushälterin wollte den Raum bitte nicht mehr betreten müssen. Natürlich. Ich fragte sie danach, ob ihr an ihrem Arbeitgeber in den letzten Monaten etwas aufgefallen sei. »Herr Lamaack war sehr kurz angebunden. Ganz anders als sonst«, antwortete sie. Dann fragte ich nach dem Manuskript. Nein, davon habe sie keine Ahnung. Aber sie glaube auch nicht daran, dass Herr Lamaack an einem neuen Buch gearbeitet habe. Die alte Schreibmaschine sei doch so laut beim Tippen. Nur manchmal, wenn sie an der Tür des Arbeitszimmers vorbeigekommen wäre, habe sie Lamaack flüstern gehört. Ich bedankte mich und schickte die Frau fort. Langsam drückte ich die Klinke der Tür hinunter, die ich ebenso behutsam öffnete. Dann stand ich im Arbeitszimmer. Ich war verblüfft. Mir eröffnete sich ein großes Zimmer, das bis auf einen großen, schweren Eichenschreibtisch vollkommen leer war. Der stand vor einer offenen Flügeltür, die auf einen breiten Balkon führte. Lange weiße Vorhänge spielten im Durchzug. Ich schloss die Tür hinter mir. Ich blickte nach oben. Dort war der Balken, an dem sich Lamaack erhängt hatte. Schwarz, wie verkohlt sah er aus. Hob sich deutlich ab von der beigen Decke. Ich ging zu dem Schreibtisch. Darauf eine neumodische Schreibmaschine, sonst nichts! Du liebe Zeit, was sollte ich denn nun damit anfangen? Ich atmete laut aus. Die Schubladen des Schreibtisches waren leer, die Fächer bis auf eines auch. Und darin lagen bloß leere weiße Blätter. Ich verzweifelte hier noch. Ich ging auf den Balkon hinaus und stützte mich auf das Geländer. Der Blick in den Garten war atemberaubend. Die Rosen standen in voller Blüte und strahlten in allen Farben. Hellrot, dunkelrot, weiß, gelb, orange. Dazwischen eine Wasserfontäne und überall die hellen Kiesel. Hier könnte ich auch leben! Ich ging in das Arbeitszimmer zurück und sah mich hilflos um. Kahle Wände, nichts. Übrigens nicht mal ein Stuhl? Schrieb der Mann im Stehen? Mehr unbewusst tippte ich wiederholt auf das c der Schreibmaschine. Das typische Geräusch. Aber …? Das eingesteckte Papier blieb weiß. Ich probierte es mit dem a. Auch hier nichts. Ich öffnete die Schreibmaschine. Ein Farbband war vorhanden. Ich machte die Maschine wieder zu. Dann tippte ich auf jeden einzelnen Buchstaben. Nichts. Jetzt hatte ich wirklich die Nase voll. Ich war mir sicher, es gab kein Manuskript. Lamaack hatte sich erhängt, warum auch immer. Ich würde die Witwe noch vom Landsitz anrufen und den Auftrag beenden. »Das führt doch alles zu nichts«, sagte ich lauter als beabsichtigt. Hinter mir ein Tippen. Ich fuhr herum. Auf dem eben noch weißen Papier stand jetzt: »Das führt doch alles zu nichts.« Ich schluckte. Was war das denn? »Hallo?«, sagte ich laut. Die Schreibmaschine tippte. Ich untersuchte sich auf ein Mikrofon, irgendwelche elektronischen Elemente, nichts. Ich probierte es auf ein Neues: »Die Rosen blühen im Garten.« Die Maschine schrieb meinen Satz wortgetreu. Instinktiv machte ich einen Schritt zurück. Das gefiel mir nicht. Und plötzlich schrillten in mir sämtliche Warnsignale auf. Ich rief die Haushälterin und wartete vor der Tür zum Arbeitszimmer auf sie. Ich fragte nach der Schreibmaschine. Nein, die sei ihr gar nicht aufgefallen, als sie Herrn Lamaack gefunden habe. Das müsse ich verstehen. Der Schock! Ich nickte mitfühlend. Dann rief ich die Witwe Lamaack an. Aber nicht mehr, um den Fall zu den Akten zu legen, sondern um sie zu bitten, die Schreibmaschine mit nach Hause nehmen zu dürfen. Frau Lamaack hatte nichts dagegen, zeigte sich aber mehr als erstaunt, dass diese Maschine überhaupt existierte. Diese hatte derweil meinen Teil des Gesprächs fein säuberlich niedergeschrieben.

∞

Zu Hause in meinem Appartement stellte ich die Schreibmaschine auf den Couchtisch, auf dem noch die Sonntagsausgaben lagen. Ich wollte meinen Vater anrufen, um ihn zu mir zu bitten, aber er war weder zu Hause noch im Büro. Vielleicht auch besser, ich hatte ohnehin Kopfschmerzen.

Ich nahm zwei Aspirin und machte mir etwas zu essen. Danach setzte ich mich an mein Notebook, um den heutigen Bericht zu verfassen. Die Buchstaben verflossen vor meinen Augen, so schmerzte mein Kopf. Ich war so müde. Ich könnte doch …? Nein, das ging doch nicht! Warum eigentlich nicht? Ich ging zur Couch, setzte mich, zog ein neues Blatt Papier in die Schreibmaschine ein und begann zu diktieren.

∞

Am nächsten Morgen wachte ich gerädert und mit noch schlimmeren Kopfschmerzen auf. Ich machte mich fertig und fuhr ins Büro. Die Schreibmaschine stand auf der Rückbank meines Wagens. Ich nahm sie mit ins Büro und zeigte sie meinem Vater und den anderen Kollegen. Die waren nicht minder verblüfft, als die Maschine ohne weiteres Zutun jedes Wort, jeden Satz, der fiel, niederschrieb. Ein solches Modell war auch hier niemandem bekannt. Meine Kollegen sahen sich die Maschine mehr als genau an, konnten aber keine Erklärung finden. Vielleicht sollte man die Schreibmaschine auseinandernehmen? Schließlich müsse es doch irgendwo ein Mikrofon geben. Ich lehnte ab. Für ein solches Vorgehen hatte ich nicht die Erlaubnis der Witwe. Ich recherchierte anschließend im Internet, rief alle möglichen Händler an, aber alles ohne Ergebnis. Niemand kannte das Modell, niemand konnte den Mechanismus erklären. Ich seufzte laut. Letzten Endes, so mysteriös diese Maschine auch war, meine Aufgabe bestand darin, das Manuskript zu finden. Die Polizei hatte mittlerweile die Anrufliste geschickt, die die Telefonate Carlos Lamaacks der letzten drei Wochen aufführte. Keine unbekannten Nummern, keine war über die Maßen oft gewählt worden. Bis auf eine. Die des Verlages. Lamaack hatte dort fast täglich angerufen, manchmal mehrmals. Constantin Prager hatte aber nur, ich versicherte mich in meinen Aufzeichnungen, von einem Telefonat gesprochen. Dabei hatte Lamaack sogar noch einen Tag vor seinem Selbstmord dreimal im Verlag angerufen. Ich wählte die Nummer und landete in der Zentrale des Verlags. Eine maschinelle Stimme begrüßte mich und fragte, womit sie behilflich sein könne. Ich legte wieder auf. Mein Kopf hämmerte entsetzlich. Ich bat meinen Vater um zwei weitere Aspirin. Der schaute besorgt, gab mir aber die Tabletten. Bevor ich wieder zum Landsitz der Familie Lamaack fuhr, suchte ich die dortige Poststelle auf und erkundigte mich, ob Carlos Lamaack womöglich in den letzten Wochen vor seinem Tod ein Paket aufgegeben habe. Nein, soweit man sich dort erinnerte. Ich bat um ein Glas Wasser. Zwei Aspirin hatte ich noch im Wagen gefunden. Dann musste mein Kopf doch endlich zur Ruhe kommen. Beim Landsitz der Familie Lamaack angekommen, spazierte ich durch die Gartenanlage und sah mich gründlich um. Nach frisch aufgewühlter Erde, unter Steinen, zwischen den Rosenbeeten. Nach irgendeinen Versteck, in dem sich das Manuskript befinden könnte. Nichts. Anschließend ging ich in jedes einzelne Zimmer des Hauses, stets unter dem kritischen Blick der Haushälterin (bis auf Lamaacks Arbeitszimmer). Im Keller lagerte ausschließlich Wein, einen Speicher gab es nicht. Am Ende stand ich im Schlafzimmer der Eheleute Lamaack. Auch hier nichts Besonderes. Ein Himmelbett, Schränke, eine Ankleide, zwei Kommoden. Im Kleiderschrank von Carlos Lamaack fand ich einen ordentlich sortierten Haufen Sonntagsausgaben der Zeitung, wieder mit den bereits bekannten Kringeln um einige Artikel versehen. Ich bat, die Zeitungen mitnehmen zu dürfen. Die Haushälterin bemerkte, dass das eigenartig sei, da Herr Lamaack seine Sonntagsausgaben immer sofort nach dem Lesen entsorgt habe. Wieso hatte Hedwig Lamaack das nicht erwähnt?

∞

Am Abend hatten meine Kopfschmerzen endlich nachgelassen. Ich nahm die neuen Sonntagsausgaben mit zum Couchtisch und ordnete sie nach Datum. Die letzte stammte vom letzten Sonntag vor Carlos Lamaacks Tod. In Ordnung, ich musste da etwas übersehen. Ich schaute mir die umkreisten Artikel ausführlich an. Und dann fiel es mir wie Schuppen von den Augen: nicht in den Ausgaben aus der Stadtwohnung, wohl aber in denen vom Landsitz. Lamaack hatte jeweils von der ersten Seite an einen x-beliebigen Artikel umkreist bis zur letzten. Wenn ich dann das jeweils erste, zweite, dritte Wort jener Artikel unterstrich, ergaben sich plötzlich Sätze. Mein Herz pochte aufgeregt. Endlich eine Spur. Ich nahm einen Block, die Schreibmaschine hatte ich dummerweise im Büro gelassen, und schrieb: *Ich bin nicht verrückt. Er hat mich reingelegt. Ist pleite. Braucht Geld. Will alles. Hat mich bis hierher getrieben. Hedwig, geh in den Wald, in die Hütte. Und dann sofort zur Polizei.* Ich lehnte mich stöhnend zurück. Endlich der entscheidende Hinweis! Es war jetzt 23 Uhr. Ich könnte in einer Stunde auf dem Landsitz sein. Und dann im Dunkeln durch den Wald irren? Nein, das brachte nichts. So aufgeregt ich auch war, ich sollte mich bis morgen gedulden.

∞

Nach einer unruhigen Nacht war ich um acht Uhr im Büro, um meinen Bericht für den gestrigen Tag zu verfassen. Carlos Lamaacks Schreibmaschine brachte meine Sätze auch ohne mein Zutun in eine vernünftige Sprache, sodass ich mich kaum konzentrieren musste. Es würde mir schwerfallen, die Maschine nach Beendigung des Auftrags wieder zurückzugeben. Anstatt im Verlag vorbeizuschauen, entschied ich mich, Zeit zu sparen, und griff zum Telefon. Ich ließ mich direkt zu Constantin Prager durchstellen, nachdem ich der Maschinenstimme gesagt hatte, dass ich als Autor an einer Zusammenarbeit mit dem Verlag interessiert sei. Ich fragte Prager nach den zahlreichen Anrufen Lamaacks. Der hatte darauf keine Antwort und vermutete, dass Lamaack mit dem Lektorat gesprochen haben musste. Er wollte das für mich abklären und dann im Büro eine Nachricht für mich hinterlassen. Ich war skeptisch. Ich bat einen meiner Kollegen, die Finanzen des Verlags zu überprüfen. Dann endlich fuhr ich aufgeregt und gespannt hinaus zum Landsitz der Familie Lamaack. Ich fragte den Gärtner nach der Hütte im Wald. Ja, eine alte, nicht mehr genutzte Jagdhütte stände dort. Er wies mir den Weg. Kurze Zeit später lief ich durch einen naturbelassenen Wald, der der Gemeinde gehörte. Die Lamaacks hatten dort über viele Jahre die Jagd gepachtet, bis sie keine Zeit dazu mehr dazu gehabt hatten. Ich folgte einem schmalen Trampelpfad, der auf einen Hügel führte, hinter dem ich die Hütte fand. Ein stabiles Holzhaus mit milchigen Fenstern und großen Blätterhaufen auf der Veranda. Ich suchte über dem Türrahmen nach dem Schlüssel (dem Gärtner sei Dank!) und trat ein. Die Hütte roch nach morschem Holz, war aber aufgeräumt und sauber. Ein Tisch, eine kleine Küche, zwei Schränke, ein Kamin. Ich suchte nicht lange und fand unter einer losen Holzdiele, fein säuberlich verschnürt, Carlos Lamaacks Manuskript. Mit zitternden Händen löste ich den Knoten und las den Titel: »Die Teufelsmaschine«. Natürlich! Plötzlich war mir vollkommen klar, wovon Lamaacks Buch handeln würde. Ich überflog die einzelnen Seiten. Wie erwartet! Ein Schriftsteller geht für den ganz großen Erfolg einen unheilvollen Pakt mit seinem Verleger ein. Schreibt sein Werk, driftet aber gleichzeitig in den Wahnsinn ab und bringt sich am Ende um. Ich rief meinen Vater an (sehr guter Empfang hier draußen, unerwartet) und erzählte ihm von dem Manuskript. Er brummte. Ihm gefalle das alles nicht und wo genau ich mich überhaupt aufhielt? Und das alles machte doch auch keinen Sinn. Wenn ich mit dem Manuskript, der Schreibmaschine und den umkreisten Zeitungsartikeln zur Polizei ginge, dann war Constantin Prager schneller im Gefängnis, als ihm lieb sein konnte. Und dann? Übrigens habe Paul den Verlag überprüft. Der stand finanziell sehr gut da. Ich solle sehen, dass ich wieder in die Stadt kam. Ich versprach meinem Vater, mich nur noch ein wenig in der Hütte umzusehen. Wir legten auf und ich versicherte, mich spätestens in einer Stunde wieder zu melden.

∞

Ich kniete mich auf den Boden und suchte die anderen Dielen ab. Aber sie waren alle fest. »Es stimmt schon, so macht das alles keinen Sinn«, flüsterte ich leise.

»Oh doch, das tut es!«

Ich fuhr herum. Hinter mir stand Hedwig Lamaack im Türrahmen und richtete eine Pistole auf mich. Ich richtete mich auf und schaute sie fragend an.

»Überrascht?«, fragte Hedwig Lamaack beinahe beleidigt.

»Ich verstehe nicht?«, war meine hilflose Antwort.

»Sie haben ganz ausgezeichnete Arbeit geleistet, wirklich. Sie haben das Manuskript tatsächlich gefunden!«, die Witwe lächelte. »Ich denke, Sie haben eine Erklärung verdient. Den Inhalt des Manuskripts kennen Sie ja nun. Stellen Sie sich das vor. Ein Schriftsteller, der eine Geschichte erfindet und ihr selbst zum Opfer fällt!«

Ich stöhnte: »Kommt bei Stephen King ständig vor.«

»Ha! Lächerlich! Mein Mann hätte den Nobelpreis erhalten können! Aber er litt unter einer Schreibblockade. Also musste ich ihm auf die Sprünge helfen. Eigentlich ist das meine Geschichte, müssen Sie wissen. Und Carlos hat wunderbar mitgespielt.«

»Die Schreibmaschine haben Sie Ihrem Mann gegeben, nicht wahr?«

»Stimmt! Haben Sie nie darüber nachgeforscht, womit mein Vater sein Vermögen gemacht hat? Das war aber ein grober Fehler. Technologie, meine Liebe. Für das Militär.«

»Wie funktioniert die Maschine?«, wollte ich wissen.

»Ganz einfach. Die gesamte Schreibmaschine ist das Mikrofon. Ein Chip verarbeitet das Gehörte und bringt es in eine angemessene Sprache. Überlegen Sie sich die Zeitersparnis! Nicht wie ein Diktiergerät, nicht wie ein Computer, nein, diese Schreibmaschine denkt mit! Dass Sie den Chip womöglich finden, das war meine größte Sorge. Wissen Sie, die Maschine ist ein Prototyp. Hatten Sie in letzter Zeit Kopfschmerzen?«

Ich nickte.

»Eine unangenehme Begleiterscheinung. Die Strahlung. Das haben wir mittlerweile abgestellt!«

Jetzt hatte ich wirklich Kopfschmerzen. »Und natürlich war es für Sie auch kein Problem die Anruferliste des Verlags zu fingieren, stimmt's?«

Die Witwe zog mit bedauerndem Blick die Schultern hoch.

»Und wie passt Constantin Prager in das Ganze?«

»Na, hören Sie mal! Jede gute Geschichte braucht doch schließlich einen Schurken! Und Prager drängte sich dafür förmlich auf. Mein Mann mochte den Juniorchef nicht. Er war ihm zu …modern. Umso leichter für mich, Carlos ein Komplott zu suggerieren, wo es gar keines gab. Und nun sehen Sie, das hier ist Pragers Waffe. Wirklich fahrlässig, sie in der Schublade des Schreibtischs aufzubewahren. Tja, und so endet die Realität fast noch besser denn die Fiktion. Der Verleger tötet die Detektivin, die dahinter gekommen ist, auf welch niederträchtige Weise Herr Prager den armen Carlos Lamaack manipuliert und schließlich in den Selbstmord getrieben hat. Aber dann entdeckt der Verleger sein Gewissen und tötet sich in seinem Haus selbst. Fall erledigt!«

»Und woher hatte Ihr Mann die Aufputschmittel?«

»Von mir natürlich!« Doktor Harmsen tauchte hinter Hedwig Lamaack auf, umgriff ihre Hüfte und küsste sie.

»Dazu noch ein paar Psychopharmaka, fertig war der Mix.«

»Und alles als einfaches Beruhigungsmittel getarnt, nicht wahr?« Mir schauderte es.

Doktor Harmsen lachte kurz auf, dann wandte er sich an die Witwe: »Liebes, wir sollten jetzt hier fertig werden. Der Gärtner weiß, wo sie sich aufhält.«

»Und was haben Sie von all dem?« Ich musste Zeit gewinnen.

»Na, hören Sie mal, Gewinn natürlich. Was meinen Sie, wie sich das Manuskript verkaufen wird? Die Verlage werden sich darum schlagen. Und dann die Schreibmaschine, bald für jedermann erhältlich. Das nenne ich Franchise. Sehen Sie, auch ein Technologieunternehmen muss mit der Zeit gehen und seine Überlebenschancen sichern. Die Zeiten sind hart.«

Hedwig Lamaack nickte mit einem Mal. Sie entsicherte die Waffe und zielte auf mich. Das war es dann also! Ich dachte an meinen Vater, meine Schwester, an Ben, dessen Heiratsantrag ich abgelehnt hatte. Ich kniff verzweifelt die Augen zusammen und erwartete das Unvermeidliche. Stattdessen hörte ich plötzlich die Stimme meines Vaters, die meinen Namen rief. Ich öffnete vorsichtig die Augen. Mein Vater stand vor mir, hinter sich vier Polizisten, die die Witwe Lamaack und Doktor Harmsen gerade in Handschellen legten. Ich fiel in die Arme meines Vaters und heulte drauflos. Der sagte bloß mit belegter Stimme: »Gut, dass ich nicht auf deinen Anruf gewartet und mich gleich auf die Suche nach dir gemacht habe!«

∞

Ich brauchte einige Zeit, um mich von den Ereignissen zu erholen. Carlos Lamaacks Manuskript würde nicht veröffentlicht werden. Hedwig Lamaacks Prozess stand kurz bevor. Keine der neu entwickelten Schreibmaschinen würde in den Handel kommen. Das Militär hatte die Zusammenarbeit mit der Lamaack Gruppe beendet. Die Zwillinge Lamaack blieben in der Schweiz, zu entsetzt darüber, was ihre Mutter getan hatte. Soweit ich wusste, hatten sie sich psychologische Hilfe gesucht. Sie würden als private Nebenkläger im anstehenden Prozess auftreten. Carlos Lamaacks Schreibmaschine war mittlerweile bei der Staatsanwaltschaft, sorgfältig verwahrt als Hauptbeweisstück der Anklage. Und ich? In zwei Wochen wollte ich mit meiner Schwester und deren Kindern in den Urlaub fliegen. Bis dahin beschattete ich einen Fondsmanager, der der Veruntreuung bezichtigt wurde. Und heute Abend, da traf ich mich mit Constantin Prager, der mir zuliebe das Aftershave gewechselt hatte.

Das Gemälde

Teil 1

Richard van Oosten trank einen Schluck Kaffee und schlug die Zeitung auf. Wie erwartet fiel sein Blick zuerst auf die Anzeige:

Sie haben ein unlösbares Problem? Sie sind verzweifelt? Wir helfen!

Schnell, diskret, erfolgreich. In jeder Situation. Kontaktieren Sie uns!

Rita, seine Frau, blickte ihn vom anderen Ende des Tisches erwartungsvoll an. Richard van Oosten seufzte, dann nickte er seiner Frau zu. Die lächelte zufrieden und rief nach dem Dienstmädchen. Ein paar Stunden später standen die van Oostens nach einer kurvenreichen Fahrt quer über das Land bei strömendem Regen vor einer großen Lagerhalle, um die herum es nichts gab außer Wiesen und Äcker. Richard van Oosten erinnerte sich an das eigenartige Telefonat, das ihn und Rita schließlich hier hergeführt hatte. Der Mann, der den Anruf entgegengenommen hatte, hatte eine dünne, freundliche Stimme gehabt und sehr leise gesprochen. Viel wollte er nicht von Richard van Oosten wissen, nur dessen Namen und wie er auf »das

Unternehmen« aufmerksam geworden sei. Dann hatte er ihm ohne weitere Aufforderung die Koordinaten für das Navigationsgerät des Autos mitgeteilt und zum Schluss gesagt: »15 Uhr. Heute.« Dann hatte der Mann aufgelegt. Da Richard van Oosten es nicht gewohnt war, auf derlei Weise behandelt zu werden, hatte es Rita einige Mühe gekostet, ihren Mann zu beruhigen und davon zu überzeugen, den Termin trotz ungehörigem Benehmen wahrzunehmen. Richard van Oosten drückte die Klingel und keine Sekunde später öffnete sich die große Lagertür. Richard van Oosten staunte nicht schlecht, als er hinter seiner Frau eintrat. Ein Mann im Frack nahm ihm Regenschirm und beiden die nassen Mäntel ab. Die Lagerhalle entpuppte sich in ihrem Inneren als weitläufiger Bürokomplex mit einem langen Mittelgang, von dem links und rechts mehrere Räume abgingen. Überall konnte Richard van Oosten Stimmen und Computertastaturen hören, die eifrig bedient wurden. Der Geruch von Zigarren lag in der Luft. Der Mann im Frack führte die van Oostens in einen Raum mit Tisch und mehreren Stühlen und bat die beiden, Platz zu nehmen. Er ging zu einem Sideboard und goss beiden eine Tasse Tee ein, die er vor ihnen auf den Tisch stellte. Dazu stellte er etwas Gebäck. Die van Oostens bedankten sich. Dann verschwand der Mann im Frack durch die Tür. Die beiden tranken schweigend ihren Tee. Dann tauchte der Mann wieder auf und führte die van Oostens in das letzte Büro am anderen Ende der Halle. Eine schwere Metalltür öffnete sich. Starker Zigarrenduft strömte aus dem Zimmer. Darin, hinter einem dunklen Schreibtisch neben einem geschlossenen Fenster, ein Mann mittleren Alters, der jetzt aufstand und dem Ehepaar die Hand entgegenstreckte: »Familie van

Oosten, ich freue mich, Sie kennenzulernen. Darf ich mich vorstellen: Friedrich DeBlanc, Chef des Unternehmens«, sagte er mit deutlich französischem Akzent in der Stimme. Dann setzte er sich wieder hin und die van Oostens taten es ihm gleich. Die großen Ledersessel waren kalt und abgesessen. Richard van Oosten hätte sie niemals aufstellen lassen. Er blickte sich schnell um. An den Wänden des Büros standen Schränke ohne Türen, voll mit Akten. Ein Faxgerät auf der einen Seite auf einem Tisch, zwei Monitore auf der anderen in einer Art Schrankwand. Der Schreibtisch war aufgeräumt, nur ein Notebook und ein Computer. In einem Aschenbecher lagen eine ausgedrückte Zigarre und mehrere Zigarettenstummel. Friedrich DeBlanc ergriff das Wort: »Ich hoffe, der Tee hat Ihnen geschmeckt? Zwar nicht 17 Uhr, aber ich denke, das lässt sich verschmerzen?« DeBlanc lachte unsicher. Die van Oostens schauten sich fragend an. »Nun, um Ihrer Frage zuvorzukommen, wir wissen gerne, wer unsere Dienste in Anspruch nehmen will. Das Ritual Ihres Fünf-Uhr-Tees haben Sie aus Wales mitgebracht, wo Sie lange gelebt haben, bis Sie Ihren Firmenhauptsitz hierher verlegt haben.« DeBlanc blickte Richard van Oosten erwartungsvoll an. Erwartete er ein Lob? Als van Oosten nicht reagierte, sprach DeBlanc weiter:

»Ihre Firmengruppe wird auf gut 155 Millionen wert geschätzt, Ihr Privatvermögen auf gut 125 Millionen. Sie importieren Tee und Kaffee der gehobenen Klasse. Weltweite Handelsbeziehungen. Sie sind Vorsitzender des Jachtklubs, Ihre Frau Vorsitzende des Golfklubs. Sie beide haben eine Stiftung gegründet, die einkommensschwachen Familien helfen soll, deren Kinder studieren zu lassen. Zweimal im Jahr lassen Sie ein Drei-Gänge-Menü für Obdachlose zubereiten, für das Ereignis mieten Sie eigens die Kongresshalle an. Ihre Ehe hält seit 20 Jahren, keine Skandale, keine Affären. Aber auch keine Kinder. Das alles klingt nach einem ziemlich geordneten Leben. Womit also können wir Ihnen behilflich sein?«

Richard van Oosten rutschte unruhig auf dem Sessel umher, bis ihm Rita die Hand auf das Knie legte. Sie drückte leicht zu und nickte ihrem Mann aufmunternd zu. Der atmete tief ein:

»Nun, ich hoffe, ich kann mich auf Ihre absolute Diskretion verlassen? Gut! Also, es ist die Stiftung. Ich, nun, wir haben uns an den Geldern bedient. Es fehlen mehrere Millionen. Die Firma war in finanzielle Schieflage geraten, wir hatten keine Wahl. Der Steuerprüfer wird uns früher oder später auf die Schliche kommen. Ich will allerdings nicht ins Gefängnis und muss deshalb womöglich schnell abtauchen.«

DeBlanc lächelte: »Nun, wer möchte das schon? Darauf sind wir spezialisiert. Allerdings muss ich Sie bitten, ehrlich zu sein. Sprechen wir über den Steuerprüfer. Also, den ersten.«

Richard van Oosten sprang aus seinem Sessel auf: »Wie können Sie es wagen?«, schrie er DeBlanc an. »Rita, komm, wir gehen!«

Aber seine Frau rührte sich nicht: »Richard, komm schon, man will uns hier helfen. Hab doch Vertrauen. Ich denke wirklich, du kannst ihm alles sagen.«

»Weshalb bist du so vertrauensselig? Das ist doch sonst nicht deine Art?«

»Ach Richard, haben wir denn eine andere Option?« Rita van Oosten sah ihren Mann flehend an.

Der zog die Schultern mit einem Seufzer hoch und setzte sich wieder hin.

»Es war ein Unfall. Wir sind in Streit geraten. Ich habe ihn gestoßen und er ist unglücklich auf die Tischkante gefallen.«

»Aber er hat noch gelebt?«, fragte DeBlanc nüchtern.

»Woher …? Ja, verdammt. Da habe ich Panik bekommen und ihn aus dem Fenster geworfen. 20 Stockwerke. Das hat gereicht.«

»Dann haben Sie alle Spuren beseitigt, sind nach Hause gefahren und haben Ihrer Frau alles gebeichtet. Seitdem gibt sie Ihnen für diesen Abend ein Alibi.«

»Ja«, grunzte Richard van Oosten, »genau so. Woher wissen Sie das alles, DeBlanc?«

»Nun, das ist unser Geschäft, Herr van Oosten. Ich weiß auch, dass die Polizei Sie tatsächlich nicht in Verdacht hat, sondern vielmehr von einem Selbstmord ausgeht. Der Mann stand kurz vor der Scheidung.«

Richard van Oosten nickte: »Sie haben einen Informanten bei der Polizei, nicht wahr?«

DeBlanc lächelte: »Oh, nicht nur einen. Und nicht allein bei der Polizei. Nein, in unserem Geschäft ist es unabdingbar, mit Informanten jeder Couleur zusammenzuarbeiten. Genau wie ein ehrlicher Umgang miteinander unumgänglich ist. Hätten Sie nicht die Wahrheit gesagt, ich hätte das Gespräch abgebrochen. Kommen wir also zum Punkt: Sie, Herr van Oosten, müssen womöglich längere Zeit abtauchen und wir haben die Möglichkeit, das zu veranlassen. Mehr noch. Sie werden trotzdem immer ganz in der Nähe Ihrer Frau sein, werden weiter an deren Leben teilhaben und auch sonst mitbekommen, was um Sie herum ge-

schieht. Ihr Haus ist doch von einer etwaigen Konkurs-
masse oder Gläubigerforderungen ausgenommen?«

»Ja, mein Mann hat mir alleine alles überschrieben. Wie
auch das Grundstück und die beiden Privatwohnungen in
der Stadt«, antwortete Rita van Oosten ruhig.

»Gut, dann lassen Sie uns konkret werden«, sagte De-
Blanc ernst und zündete sich eine Zigarre an, die er aus
einer Schublade hervorgeholt hatte. »Ich biete Ihnen keine
Zigarre an, weil ich weiß, dass Sie beide Nichtraucher sind.
Sie sehen, wir haben unsere Hausaufgaben gemacht. Sie
können uns vertrauen. Voll und ganz. Das Angebot des
Unternehmens: Wir lassen Sie verschwinden, Herr van
Oosten, für fünf, zehn oder zwanzig Jahre, wie Sie es wün-
schen. Das alles für 20 Prozent Ihres Privatvermögens.«

∞

Kurze Zeit später saßen die van Oostens mit verbundenen
Augen auf dem Rücksitz einer Limousine, die sie an einen
geheimen Ort bringen sollte. Richard van Oosten musste
zugeben, dass er neugierig geworden war. DeBlanc war ihm
zuwider, dieses ganze mysteriöse Getue erst recht. Von wegen Informanten! DeBlanc wusste einiges eben doch nicht
und das sollte auch so bleiben. Nadja zum Beispiel. Hätte
DeBlanc Nadjas Namen auch nur genannt, Richard van
Oosten hätte seine Frau augenblicklich aus dem Raum ge-
zerrt. Rita durfte niemals von Nadja erfahren. Niemals!
Rita konnte doch nichts dafür, dass sie unfruchtbar war
und Richard schon lange nicht mehr sexuell anzog. Bei
Nadja war das anders. Er verging vor Lust nach ihr. Ihrer
Jugend, ihrer Schönheit. Und sie hatte Richard zwei Erben

geschenkt. Zwillinge. Jonas und Leyla. Eigentlich hatte Richard van Oosten vorgehabt, Rita reichlich für ihre Treue zu entlohnen, ihr das Haus zu überlassen, das Grundstück selbstverständlich auch. Er selbst wäre nach der Scheidung zu Nadja und den Kindern gezogen. Rita hätte das verstanden. Allein wegen der Kinder. Ganz sicher. Rita war loyal, sie würde Richard niemals schaden wollen. Deshalb hatte Richard van Oosten DeBlanc auch nicht korrigiert, als dieser ihn allein des Mordes an dem Steuerprüfer bezichtigt hatte. Ja, Richard van Oosten hatte den Mann geschubst. Dann aber in seiner Hilflosigkeit Rita angerufen. Es war ihre Idee gewesen, den Mann aus dem Fenster zu werfen, und sie hatten es am Ende gemeinsam getan. Sicher durfte Rita nicht erfahren, dass es der Firma nie schlecht gegangen war und Richard die veruntreuten Millionen für eine angemessene Immobilie für Nadja und die Kinder verwendet hatte. Das würde Rita vielleicht doch kränken. Der Wagen hielt an. Die van Oostens durften die Augenbinden jetzt abnehmen und aussteigen. Die Limousine stand in einer Tiefgarage vor einem Aufzug. Die van Oostens wurden von DeBlanc angehalten, diesen sofort zu betreten. Dann ging es zu Richard van Oostens Überraschung nicht hinauf, sondern hinunter. »Unser Unternehmen befindet sich in drei Untergeschossen unter einem Geschäftshaus. Optimale Sicherheit garantiert«, erklärte DeBlanc stolz. »Wie in einem Agententhriller, was?«, lachte Rita van Oosten unsicher. Ein Piepen, dann zeigte die Tafel über der Tür UG 3 an und öffnete sich. Ein beißender Geruch nach Desinfektionsmittel ließ Richard van Oosten niesen. DeBlanc reichte ihm sofort ein Taschentuch. »Sie sind nicht der Erste, der sich erst daran gewöhnen muss. Aber Sauberkeit, ja, Sterilität ist in unserem Unternehmen unabdingbar. Bitte kommen Sie, hier entlang.« DeBlanc führte das Ehepaar durch einen Flur, der bis unter die Decke gekachelt war und Richard van Oosten an ein Krankenhaus denken ließ. Rechts erschien eine Tür, die DeBlanc öffnete. Dahinter war ein kleiner Raum alleine mit einem Waschbecken darin. An der Decke eine Neonröhre, die unruhig flackerte. Und wieder diese kalten Kacheln. »Ich muss Sie beide bitten, sich jetzt gründlich die Hände zu waschen und anschließend zu desinfizieren«, sagte DeBlanc. Richard van Oosten reichte es langsam. Was sollte diese alberne Show? DeBlanc entging dessen Verstimmung nicht. »Bitte, Herr van Oosten, in ein paar Minuten werden Sie alles verstehen!« Der raunzte nur: »Das hoffe ich sehr!« Die van Oostens taten wie ihnen geheißen. Dann drückte DeBlanc eine der Kacheln ein und eine bis dato unsichtbare Tür öffnete sich. Die drei gingen hindurch. Ein Raum mit rotem Teppich und mehreren Gemälden an mit Holz getäfelten Wänden war anscheinend das Ziel dieses merkwürdigen Unterfangens, denn DeBlanc bat die beiden, sich gründlich umzusehen. »Was Sie hier erblicken, ist Ihre Möglichkeit, jedweder Strafverfolgung zu entgehen, Herr van Oosten.« Der verstand nicht, schaute sich die Gemälde aber dennoch an. Jetzt war das auch egal. Es waren insgesamt sechs Stück. Und jedes von ihnen zeigte eine Landschaft. Immer in satten Farben gemalt. Einen Garten im Stile desjenigen von Versailles. Eine Schneelandschaft mit Eisbergen im Hintergrund. Eine Wüste mit einer Oase. Einen Orangenhain am Fuße eines steinigen Gebirges. Eine Insel inmitten eines Ozeans. Und einen Wald, den ein Fluss durchquerte. »In Ordnung, DeBlanc, Sie sind anscheinend Maler. Und was hat das alles

mit mir zu tun?« DeBlanc lächelte: »Nein, Herr van Oosten. Die Gemälde stammen nicht von mir. Dafür haben
wir Spezialisten. Gefällt Ihnen eines besonders?« Richard
van Oosten hob und senkte die Schultern. »Das ist schon
wichtig, Herr van Oosten. Denn eines dieser Gemälde wird
Ihre neue Heimat für lange Zeit werden!«

∞

»Diese Technologie ist einzigartig. Einer unserer Spezialisten wird ein Foto von Ihnen benötigen und Sie dann
im passenden Maßstab in das Gemälde zeichnen. Ihren
Geist, Ihren Verstand verbinden wir anschließend mit zwei
winzigen Kameras in den Augen Ihres gemalten Ichs. Wir
könnten die Kameras auch überall anders im Gemälde
anbringen, aber es hat sich gezeigt, dass es für die Angehörigen angenehmer ist, wenn sie sich im Abbild der be-
treffenden Person befinden. Von da an können Sie, Herr
van Oosten, alles beobachten, was an dem Ort geschieht,
an dem das Gemälde aufgehängt wird. Die meisten unserer Kunden wählen übrigens das Wohn- oder Schlafzimmer.« DeBlanc kicherte. Die beiden van Oostens schauten
sich ratlos an und Richard konnte erkennen, dass Rita das
Gleiche wie er dachte. Richard van Oosten atmete tief ein:
»Hören Sie, DeBlanc, wollen Sie uns eigentlich für dumm
verkaufen? Halten Sie uns für Idioten? Was soll dieser
Blödsinn? Damit verschwenden Sie unsere Zeit. Sind sie
übergeschnappt? Wir wollen sofort hier raus und zurück
zu unserem Wagen.«

»Eine ganz natürliche Reaktion, Familie von Oosten,
wirklich. Wir erleben das dauernd. Ich versichere Ihnen,

das ist kein Hokuspokus, alles geht mit rechten Dingen zu. Sehen Sie den kleinen Peilsender an jedem Gemälde? Ja, dort, die rechte obere Ecke. Und nun folgen Sie mir bitte!«

Rita van Oosten musste ihren Mann regelrecht zurück durch den kleinen Raum mit Waschbecken und flackernder Neonröhre auf den Gang schieben. Der fügte sich nur widerwillig. Erst auf Ritas gutes Zureden hin war Richard bereit, DeBlanc in einen weiteren Raum zu folgen. Dort stockte den beiden van Oostens dann endgültig der Atem. Auf breiten Betten lagen mehrere Männer und Frauen mit geschlossenen Augen, offenbar bewusstlos. Ihre Köpfe waren mit kleinen Sonden versehen, deren Kabel in eine Art Computer am Kopfende führten. Ein Katheter hing auf Höhe der Hüfte an einem Ständer neben dem Bett. Eine künstliche Magensonde stand zur Essensverabreichung bereit. Rita van Oosten war kreidebleich und musste sich von ihrem Mann stützen lassen. Richard van Oosten schaute DeBlanc mit weit aufgerissenen Augen an. »Keine Sorge. Allen geht es gut!«, beschwichtigte DeBlanc mit erhobenen Händen. Richard van Oosten konnte zur Erwiderung nur krächzen. »Also, was Sie hier sehen, liebe van Oostens, ist der zweite Teil unseres Angebots. Ihr Geist befindet sich in Ihrem gemalten Körper im Gemälde. Aber natürlich nur im übertragenen Sinne. Sehen Sie die Kabel dort, die in den Computer führen? Dort werden die Signale der Kamera über den Peilsender vom Gemälde empfangen. Die Verarbeitung aller Eindrücke, allem, was sie im Gemälde beobachten, findet hier in Ihrem Kopf statt. Ganz natürlich. Ihre Empfindungen, ihre Reaktionen, alles wird sich wie immer für sie anfühlen, da ihr Verstand aktiv bleibt. Sie blicken quasi durch eine Brille, die sich an einem völlig anderen Ort wie Sie selbst befindet. Eine einzigartige Technologie! Aber das sagte ich ja schon! Natürlich wird Ihr Körper von unserem Fachpersonal in jeder Hinsicht überwacht, gepflegt und gesund gehalten. Sollten sie zum Abschluss unserer Vertragslaufzeit eine Veränderung Ihres Äußeren wünschen, auch dafür stellen wir Ihnen die besten plastischen Chirurgen zur Verfügung! Sie sind doch gesund?«

»Was hältst du davon?«, fragte Rita van Oosten mit krächzender Stimme ihren Mann.

Der schüttelte nur den Kopf.

»Schauen Sie«, DeBlanc machte eine ausschweifende Geste mit dem Arm, »schauen Sie sich die Leute ruhig aus der Nähe an. Alles ist vollkommen seriös. Dort zum Beispiel, Louise De Bret, Milliardenerbin, will vor ihrem raffgierigen Ex-Mann fliehen. Fünf Jahre dürften da genügen. Oder dort. Vincent Fends. Hat unter Alkoholeinfluss mit dem Porsche seines Vaters einen Menschen überfahren. Minderjährig. Die Eltern haben ihn hier in Sicherheit gebracht. Oder dort, Gil Anderton, Börsenmagnat, hat Insidergeschäfte betrieben. Muss für mindestens zehn Jahre untertauchen.«

Richard van Oosten ging auf den Mann auf dem Bett zu. »Ich kenne Gil. Dachte, er hätte sich ins Ausland abgesetzt. Ich habe doch eine Karte erhalten?«

DeBlanc kicherte: »Das gehört alles zum Service. Je nachdem, ob Sie für Ihre Umwelt ins Ausland abtauchen, den Himalaja besteigen, Ihr Haus in die Luft sprengen, mit einem Flugzeug abstürzen oder einen tödlichen Unfall haben möchten – hier empfehlen wir im Anschluss dringend einen chirurgischen Eingriff – wir machen alles möglich.«

»Und was geschieht, wenn Ihr Unternehmen pleitegeht und wir alle hier einfach vergessen werden?«, wollte Richard van Oosten wissen.

DeBlanc schüttelte den Kopf: »Das kann nicht passieren. Unser Vertrag wird notariell beglaubigt. Ihre Frau erhält danach die exakte Adresse, wo sich ihr Körper befindet. Und welchen Arzt sie damit betrauen kann, Sie unversehrt wieder in Ihr normales Leben zurückzuholen. Aber glauben Sie mir, Herr van Oosten, das wird nie nötig sein. Unsere Branche boomt!«

»Das glaube ich Ihnen aufs Wort, DeBlanc. Machen Sie eigentlich überhaupt vor irgendetwas halt?«, wollte Richard van Oosten wissen.

»Das können wir uns in unserem Geschäft nicht leisten. Moral oder Ethik sind hier völlig fehl am Platz. Es geht allein ums Geschäft. Und damit unseren Klienten den bestmöglichen Service zu garantieren.«

Teil 2

Nach sechs Monaten hatte sich Richard van Oosten an seine neue Heimat gewöhnt. Er hatte das Gemälde mit dem Orangenhain gewählt. Es erinnerte ihn an das Haus in Griechenland, das er und Rita gekauft hatten, nachdem sie dort ihre Flitterwochen verbracht hatten. Anfangs hatte es Richard van Oosten Schwierigkeiten bereitet, dass er im Gemälde nichts hören, er sich nicht mit Rita verständigen konnte. Rita hatte das Problem bestmöglich behoben, indem sie Richard beschriftete Zettel vor das Gemälde hielt.

So konnte wenigstens sie den Kontakt aufrechterhalten. Ansonsten hatte Richard keinen Grund zur Klage. Sein vorgetäuschter »Segelunfall« hatte tatsächlich dazu geführt, dass die Suche nach ihm eingestellt und alle angestrebten Verfahren zu den Akten gelegt worden waren. DeBlanc hatte ganze Arbeit geleistet. Es hatte so ausgesehen, dass Richard van Oosten über Bord gegangen und anschließend wohl in die Schiffsschraube gelangt war. Etwas DNA und Blut hatten ausgereicht, die Ermittler in die Irre zu führen. Fünf Jahre mussten jetzt noch vergehen, dann konnte er wieder raus aus seinem goldenen Käfig. Und das auch nur mit größter Vorsicht. Aber er würde ja ohnehin mit Nadja und den Kindern das Land verlassen und dorthin gehen, wo es kein Auslieferungsabkommen mit der Heimat gab. Mit neuen Papieren (ein weiterer Service des Unternehmens) und kleinen plastischen Veränderungen im Gesicht konnte er sich dort eine neue Identität aufbauen. Nadja hatte Richard van Oosten nicht über seinen Plan informiert, nur, dass er abtauchen müsse und dass sich Nadja keine Sorgen zu machen brauche. Es war sicherlich ein Schock für sie gewesen, von Richards tödlichem »Unfall« zu erfahren. Doppelt so groß würde ihre Freude sein, wenn er in fünf Jahren wie Phönix aus der Asche wieder vor ihr stehen würde. Rita führte die Geschäfte ganz in Richards Sinn. Er war sehr zufrieden, wenn sie ihm jeden Tag die Zeitung mit den neuesten Aktienkursen vor das Gemälde hielt. Die Firma hatte nach Richards angeblichem »Tod« und seiner mutmaßlichen Verstrickung in einen Mordfall zuerst eine massive Talfahrt an der Börse hingelegt. Jetzt aber stand sie besser da als zuvor. Ein Hoch auf die freie Wirtschaft und die Geldgier der Aktionäre! Einzig die Frage nach dem

Zeugen, der die Polizei gezielt auf Richard van Oosten gehetzt hatte, trieb diesen um. Nur fünf Wochen nach dem eigenartigen Besuch bei Friedrich DeBlanc hatten die Ermittler wieder an Richards Tür geklopft und ihn diesmal als »Verdächtigen in einem ungeklärten Todesfall« verhört, da ein neuer, glaubwürdiger Zeuge sich gemeldet habe. Richard musste sogar seine Papiere abgeben, damit er sich nicht ins Ausland absetzen konnte. Eine Unverschämtheit! Dann kam der neue Steuerprüfer hinter die Hinterziehung der Gelder, die Polizei zählte eins und eins zusammen und plötzlich war Richard van Oosten ein »mutmaßlicher Mörder«. Es ging dann ganz schnell. Rita nahm wieder mit DeBlanc Kontakt auf und binnen 48 Stunden wachte Richard van Oosten in dem Gemälde wieder auf. Definitiv eine beklemmende Erfahrung. Wieder und wieder hatte Richard es mit der Panik zu tun bekommen, immer dann, wenn er sich bewusst wurde, dass er sich auch im Gemälde nicht frei bewegen konnte. Die Kameras gaben den Blick vor. Richard hatte sich anzupassen. Friedrich DeBlanc hatte Richard zwar vorgewarnt, aber auch versprochen, dass es sich nur um »Anfangssymptome« handeln würde. Dieser »Anfang« hatte bei Richard fast fünf Monate angedauert! Und dann war da noch der mysteriöse Besucher, den Rita seit knapp zwei Monaten empfing. Obwohl Rita das Gemälde wie abgesprochen direkt über dem Kamin im Wohnzimmer hatte aufhängen lassen und Richard damit den ganzen Raum bis hin zum Eingang des Hauses überblicken konnte, bewegte sich der Mann mit Hut und Mantel immer so im Raum, dass Richard sein Gesicht nicht erkennen konnte. Es war zum Verrücktwerden! Und Rita erwähnte den Besucher mit keinem Wort auf ihren Zetteln, die sie Richard schrieb.

Der Kerl kam mittlerweile fast jede Woche einmal vorbei, blieb mehrere Stunden und verschwand wieder. Dabei zogen er und Rita sich immer schnellstmöglich in die Bibliothek zurück und schlossen die Tür hinter sich. Als hätte Richard dort hineinschauen können. Unfassbar! Was sollte das? Hatte Rita etwa einen Liebhaber? Oh bitte, sie hatte ihre besten Jahre nun wirklich hinter sich. Frauen alterten einfach schlechter als Männer. Und außerdem war Rita dafür viel zu anständig. Nein, es musste einen anderen Grund für das Erscheinen des Mannes geben. Den erfuhr Richard van Oosten tatsächlich zwei Tage später. Rita hielt die Abendausgabe der Zeitung vor das Gemälde. Ein Artikel war mit Rotstift markiert: *Wende im Fall des tödlichen Unfalls des Firmenmagnaten Richard van Oosten. Zeuge behauptet, van Oosten sei noch am Leben.* Wie bitte? Wie konnte das sein? Richard van Oosten spürte sein Herz rasen. Er spürte den nassen Schweiß auf seiner Stirn. Ihm wurde übel. Die Brust wurde eng. Nein, bitte nicht jetzt! Er ermahnte sich zur Ruhe und atmete langsam wieder normal. Rita hatte derweil schnell einen Zettel bekritzelt. Sie erklärte Richard, dass der Mann mit Hut ein Detektiv sei, den sie beauftragt habe, nach dem unbekannten Zeugen zu suchen. Und ja, sie habe schon länger von diesem gewusst, habe Richard aber nicht beunruhigen wollen. Jetzt war der Detektiv fündig geworden. Der ominöse Zeuge war damit einverstanden, Rita am morgigen Nachmittag zu besuchen und mit ihr im Beisein des Detektivs zu sprechen. Wahrscheinlich sei die Angelegenheit mit Geld zu regeln, bemerkte Rita auf einem nächsten Zettel. Wenn nicht, nun, dann müsse sie sich wohl etwas einfallen lassen.

∞

Die Nacht war fast nicht vergangen. Richard van Oosten hatte kaum geschlafen. Oder war zumindest kaum in diesen dämmrigen Zustand gefallen, den er Schlaf nannte. DeBlanc hatte es ihm erklärt. Da Richards Körper dauerhaft narkotisiert wurde, fehlte es ihm schlicht an dem Verlangen nach Schlaf. Dieses Problem war von den Experten des Unternehmens noch nicht gelöst worden. Aber DeBlanc hatte versichert, dass daran gearbeitet werde. Endlich war es Morgen. Die ersten Sonnenstrahlen kämpften sich durch die Schlitze der dicken Vorhänge. Richard van Oosten fühlte sich schlecht. Die ganze Nacht hatte er darüber nachgedacht, um wen es sich bei dem Zeugen handeln könne. Ein Mitglied des Jachtklubs, das etwas bemerkt hatte? Ein Fischer, der in der besagten Nacht des »Unfalls« auf seinem Boot geschlafen hatte? Was war mit dem Notar, der den Vertrag zwischen ihm und DeBlanc beglaubigt hatte? Nein, Richard van Oosten war sich sicher, dass es sich um die gleiche Person handeln musste, die auch die Ermittler auf ihn gehetzt hatte. Aber wer? Der Morgen zog sich in die Länge, zumal Rita das Haus wie immer bereits um acht Uhr verlassen hatte und erst kurz vor Nachmittag zurück sein würde. Natürlich durften die Geschäfte nicht warten. Also vertrieb sich Richard van Oosten die Zeit damit, dem Hausmädchen beim Saubermachen zuzuschauen. Er mochte es zwar nicht sonderlich, wenn es mit dem Feudel den Staub vom Gemälde fegte (es kam dann dem Gemälde sehr nahe), aber heute schaute er sich die Kleine mal genauer an. Gar nicht so hässlich, fiel Richard plötzlich auf. Dann endlich war es so weit. Rita kam nach Hause. Viel früher als sonst. Kurz danach öffnete das Hausmädchen die Tür. Der Detektiv und eine weitere Person traten ein. Was denn? Wieso wies Rita mit einer Geste auf die Bibliothek? Wie sollte Richard denn da die dritte Person erkennen? Warum machte Rita das?

∞

Richard van Oosten sah seine Frau an diesem Tag nicht wieder. Nachdem der Besuch das Haus wieder verlassen hatte, war Rita sofort nach oben in ihr Schlafzimmer gegangen. Richard war stinksauer. Was bildete sich Rita ein? Wie konnte sie ihn so im Stich lassen? Wieso informierte sie ihn nicht über den Zeugen? Was besprochen worden war? Ob sie den Zeugen hatte bestechen können? Und wieder folgte eine Nacht voller Fragen und ohne Antworten. Erst am nächsten Nachmittag tauchte Rita wieder im Wohnzimmer auf. Gemeinsam mit dem Gärtner. Was sollte der denn hier? Dann geschah das Unfassbare. Der Gärtner, Richard musste sich endlich einmal die Namen seiner Angestellten merken, hob das Gemälde ab und brachte es in den Wirtschaftsraum des Hauses. Dort stellte er es kurz auf den Boden, um es dann an die Wand zu hängen. Richard van Oosten raste vor Wut. Der Wirtschaftsraum? Was sollte das? Von hier konnte er nichts sehen, rein gar nichts. Sollte er die nächsten Jahre zwischen Bügelbrett und Waschmaschine verbringen? Rita trat vor das Gemälde und hielt einen Zettel hoch. Sie wisse jetzt über Nadja und die beiden Kinder Bescheid. Warum Richard ihr das angetan habe? Sie habe doch alles für ihn getan, habe immer hinter ihm gestanden? Habe alles aufgegeben, nur, um für Richard da zu sein. Wusste er nicht mehr, wie sie schweren Herzens die Galerie für ihn verkauft hatte? Richard schulde ihr etwas. Meinte er nicht auch? Zettel zwei. Nein, sie würde niemals in eine Scheidung einwilligen. Zumal dieses Flittchen zwei Millionen forderte, wenn sie über die beiden Kinder Stillschweigen bewahren sollte. Richard, du erbärmlicher Schuft. Hier ginge es schließlich auch um Ritas Ruf, den der Familie, den der Firma. Was jetzt auch immer geschehen würde, es sei Richards Schuld. Richard sah Rita in die Augen. Dieser Zorn mit einem Mal, diese Wut. Richard bekam Angst. Wenn Rita ihm den Rücken kehrte, dann war alles aus. Dann musste er doch ins Gefängnis, lebenslang. Und er würde Nadja und die Kinder nie wiedersehen. Das würde er nicht ertragen. Schlimmer noch als dieser Gedanke war allerdings Richards Nichtverstehen. Was hatte Nadja plötzlich mit all dem zu tun?

∞

Die nächsten Wochen herrschte eisiges Schweigen zwischen den Eheleuten. Hieß, Rita van Oosten ignorierte ihren Mann Richard komplett, ging früh aus dem Haus, kam spät wieder. Und der zermarterte sich in seinem Gemälde im Wirtschaftsraum Tag für Tag und Nacht für Nacht den Kopf, weil er einfach nicht verstand. Jetzt noch weniger denn zuvor. Was wollte Nadja? Nadja wusste nichts von dem Mord an dem Steuerprüfer noch von Richards vorgetäuschtem Tod. Was also hatte sie mit dem Zeugen zu tun? Wieso forderte Nadja ausgerechnet jetzt Schweigegeld von Rita? Wer zum Teufel war dieser Zeuge? Jemand, der auch über Richard und Nadja Bescheid wusste? Jetzt passte gar nichts mehr zusammen. Richards Kopf schmerzte. Er fühlte sich wie gerädert. Und allein. Nie zuvor hatte Richard van Oosten sich allein gefühlt. Und dieses Gefühl ängstigte ihn. Einzig die Hausangestellten sorgten für etwas dankbare Abwechslung, etwas menschlichen Kontakt, wenn sie den Raum betraten und wuschen, bügelten, Wäsche zusammenlegten, Reparaturen an kleineren Hausgegenständen vornahmen oder die Vorratsschränke neu auffüllten. Die Tür des Raumes öffnete sich. Das Hausmädchen trat ein und befüllte die Waschmaschine. Dann war heute also Donnerstag. Waschtag! Als sie wieder hinausging, ließ sie die Tür einen Spaltweit offen. Das war noch nie zuvor geschehen. Richard atmete schnell. Endlich eine Abwechslung! Ha! Jetzt konnte Richard van Oosten wenigstens den Flur beobachten! Wie es schien, regnete es heute. Richard sah die nasse Scheibe der Haustür. Oh, da war Rita! Da war Rita! Wie hübsch sie heute aussah! Und … und sie lächelte! Wie konnte Rita nur, während es Richard so schlecht ging? Eine weitere Person trat mit einem Mal aus dem toten Winkel, den Richard nicht einsehen konnte, ging auf Rita zu, umarmte und küsste sie leidenschaftlich. Wie bitte? Richard van Oosten traute seinen Sinnen nicht mehr. Rita küsste einen anderen Mann? In Richards Haus? Rita hatte tatsächlich eine Affäre? Das konnte doch nur ein schlechter Witz sein! In dem Moment, in dem Richard van Oosten allerdings die Person, die da eng umschlungen mit seiner Frau stand, erkannte, versagten ihm alle Sinne gleichzeitig und seine Gedanken verflossen zu einem nebelhaften Nichts. Mit seinem vermeintlich letzten Atemzug wurde es schwarz vor Richard van Oostens Augen. Die Person war Nadja!

Teil 3

Niemand in der kleinen griechischen Taverne nahm Notiz von den drei Personen, die an einem Tisch bei Kerzenschein miteinander speisten. Die beiden Frauen waren augenscheinlich ein Paar, der Mann wohl ein guter Freund. Rita van Oosten prostete Friedrich DeBlanc zu, dann gab sie Nadja einen zärtlichen Kuss. Die beiden Frauen kicherten. Alle Formalitäten waren abgeschlossen, die komplette Firmengruppe und alles andere auch verkauft. Rita van Oosten war jetzt vielfache Millionärin! »Damit wäre alles erledigt, oder?«, fragte Friedrich DeBlanc die beiden Frauen. Die nickten: »Sie haben wirklich großartige Arbeit geleistet, Herr DeBlanc. Vielen Dank noch einmal dafür! Wir werden Sie und Ihr Unternehmen gerne weiterempfehlen.« Ferdinand DeBlanc bedankte sich mit einem Lächeln. »Kann ich die Damen mit nach Hause nehmen?«, wollte er wissen. »Ja, bitte«, erwiderte Nadja, »der Babysitter hat nur bis elf Uhr Zeit!« Friedrich DeBlanc bezahlte, dann gingen er und die beiden Frauen bei sanftem Wind und beginnendem Sonnenuntergang zu dessen Limousine. Ein Herr im Frack öffnete die hintere Tür und die drei stiegen ein. Während der Fahrt auf steinigen Wegen durch die zahlreichen Orangen- und Zitronenhaine hing Friedrich DeBlanc seinen Gedanken nach. Dieser Fall war wirklich sein Meisterstück! Als Rita van Oosten sich damals an ihn gewendet hatte, war er sich anfangs nicht sicher gewesen, ob und wie er ihr helfen solle. Schließlich bot das Unternehmen Hilfe vor Verfolgung jeder Art an, war seinen Klienten zum Schutz ihres Lebens verpflichtet und nicht umgekehrt. Aber Friedrich DeBlanc hatte Mitleid mit der

Frau gehabt, die wie ein Häufchen Elend vor ihm gesessen und bitterlich geweint hatte. Ihr Mann habe sie betrogen, mit einer Jüngeren, hatte sie geschnieft. Die beiden hätten sogar Kinder, zwei. Und schlimmer noch, ihr Mann habe Rita van Oosten unter einem falschen Vorwand dazu veranlasst, Gelder der Stiftung zu veruntreuen. Alles für diese Frau, wegen der er Rita van Oosten bestimmt bald verlassen würde. Friedrich DeBlanc hatte einfach nicht anders gekonnt. Er hatte schließlich eingewilligt, Rita van Oosten zu helfen. Allerdings für das Doppelte an Bezahlung. Dann begann die Intrige mit dem vermeintlichen Mord an dem Steuerprüfer. Lange hatten Rita van Oosten und DeBlanc darüber gegrübelt, wie sie Richard van Oosten dazu zwingen konnten, mit DeBlanc und dem Unternehmen Kontakt aufzunehmen. Der arme Richard. Er war wirklich blindlings in die Falle getappt. Natürlich hatten Rita van Oosten und DeBlanc den Steuerprüfer gezielt auf Richard angesetzt. Und natürlich war er nicht wirklich gestorben. Ein bei der Firma angestellter Schauspieler hatte die Rolle übernommen. So wie andere die falschen Ermittler gemimt hatten, die Richard van Oosten angeblich auf die Schliche gekommen waren. Dass der Schauspieler gestürzt war, war ein dummes Versehen gewesen, das sich aber mit einer besseren Bezahlung schnell erledigen ließ. Als Richard van Oosten seine Frau voller Panik angerufen hatte, wartete diese längst draußen vor der Tür. Dann musste Rita nur noch darauf achten, dass Richard nicht aus dem Fenster sah. Jedenfalls so lange nicht, bis das Sprungnetz entfernt und die falsche Leiche auf dem Boden platziert war. Der falsche Mord hatte alles für die Scharade in Gang gesetzt. Ritas Racheplan funktionierte. Dann ließ DeBlanc eigens für Richard van Oosten die Zeitungsexemplare drucken, in denen das Unternehmen für sich warb. Eine derartige Werbemaßnahme wäre in der Realität viel zu gefährlich für das Unternehmen. Nein, es arbeitete komplett im Verborgenen und Friedrich DeBlancs Kunden kamen ausschließlich durch mündliche Weiterempfehlung auf ihn zu. Rita van Oosten war es nicht anders ergangen, als sie beim Golfen einen alten Bekannten getroffen hatte. Die beiden kannten sich aus frühen Tagen, als Rita noch ihre Galerie besessen hatte. Der Bekannte erzählte von einem Maler, der, um den Wert seiner Gemälde in die Höhe zu treiben, für zwei Jahre Kunde der Firma gewesen war. Als Richard van Oosten endlich eingewilligt hatte, in einem Gemälde unterzutauchen, hatte er sich Rita und DeBlanc endgültig ausgeliefert. Und dann war das Unvorhersehbare geschehen. Rita van Oosten und Nadja verliebten sich ineinander. Es war aufregend mit anzusehen gewesen, wie die zutiefst verletzte Rita aufgeblüht war, als sie Nadja kennenlernte. Ursprünglich hatte Rita einfach wissen wollen, wer diese Frau war, für die Richard Rita aufgeben wollte. Dabei hatte Rita nie einen Groll gegen Nadja gehegt, es war allein pure Neugierde gewesen. Die zwei waren sich also begegnet und die Romanze nahm ihren Lauf. Jetzt galt es nur noch, Richard van Oosten einen gehörigen Denkzettel zu verpassen. Friedrich DeBlanc wusste durch die Schilderungen seiner Kunden beim Wiederaufwachen, dass der Aufenthalt in einem der Gemälde leicht zu Paranoia und Klaustrophobie führen konnte. Natürlich bekamen die Kunden per se angstlindernde Medikamente, trotzdem kamen diese Gefühle immer mal wieder auf. Rita hatte DeBlanc nun gebeten, Richards angstlindernde Medikamente so weit zu reduzieren, dass er keinen ernsthaften Schaden würde nehmen können. Sollte Richard bloß einmal spüren, wie es Rita ergangen war, als die Panikattacken sich ihrer bemächtigt hatten. Als sie von Richards Untreue erfahren hatte. Als die Angst sich ihrer bemächtigt hatte. Als die Furcht vor dem Alleinsein größer und größer geworden war. Aber das hatte Rita noch nicht genügt. Sie wollte, dass Richard sich den Kopf zerbrechen sollte. So, wie sich Rita den Kopf zerbrochen hatte ob ihrer ungewissen Zukunft. Also erfuhr Richard van Oosten nur noch wenig von Rita, währenddessen die Dinge vor seinen Augen ihren Lauf nahmen, ohne dass er verstand. Unterschätze niemals eine gekränkte und verletzte Frau, das waren indes die einzigen Zeilen, die Rita ihrem Mann für die Zeit hinterließ, zu der er wieder aufgewacht sein würde. Friedrich DeBlanc sollte sie zu entsprechender Zeit an Richard weiterleiten. Zusammen mit der Nummer eines Kontos, auf das Rita genug Geld eingezahlt hatte, dass Richard van Oosten finanziell abgesichert war. Sicher, er würde keine Luftsprünge machen, aber gut leben können. Schließlich war er ein freier Mann. Einen Mord hatte es nie gegeben, niemand war auf die hinterzogenen Gelder gestoßen (Rita hatte das Konto wieder ausgeglichen), echte Ermittler waren nie auf Richard zugekommen. Friedrich DeBlanc hatte sich darüber hinaus bereit erklärt, sich bis zu dessen Aufwachen um Richard zu kümmern. Also hatte er das Gemälde in seinem Büro aufgehängt, freilich so, dass Richard van Oosten weder sah, wer eintrat, noch, wer hinausging. Der Wagen hielt vor einem alten Steinhaus an, das zu allen Seiten mit wildem Wein bewachsen war. Die beiden Frauen verabschiedeten sich von Friedrich DeBlanc. Der winkte ihnen nach, bis sie im Haus verschwunden waren. Rita van Oosten hatte erzählt, dass Richard und sie das Haus damals nach ihren Flitterwochen gekauft hatten. Ein wirklich schöner Ort für zwei frisch Verliebte.

Der Zug

Amy hatte sich wahnsinnig über die Einladung gefreut. Endlich! Nach so langer Zeit würde sie Rachel wiedersehen! Jetzt stand Amy am Bahnhof und suchte hilflos nach dem richtigen Zug. Dicke Nebelschwaden hingen in der Luft, die kaum richtige Sicht zuließen. Der Bahnhof war zur Rushhour wie immer übervoll. Ein Mann rannte in Amy hinein. Anstatt sich zu entschuldigen, raunzte er nur. Amy schob sich langsam durch die Menge. Warum fuhr ausgerechnet dieser Zug nur einmal am Tag und das zu dieser Zeit? Und wo war der richtige Bahnsteig? Wo musste Amy hin? Sie fand einen Bahnmitarbeiter und fragte höflich. Der schaute aber nur auf die Uhr und zuckte mit den Schultern, als wisse er selbst nicht, wohin. Amy suchte weiter. Wurde der Nebel dichter? Eine elektronische Anzeige flimmerte rot auf. Augenscheinlich kaputt. Amy hatte wirklich Pech. Aber dann! Ah, dort hinten stand der richtige Zug! Amy atmete erleichtert aus. Sie hatte schon befürchtet, dass sie Rachels Einladung vielleicht nicht hätte annehmen können, so wie sie auf dem Bahnhof ziellos herumgegeistert war. Wenn der Zug jetzt aber pünktlich abfuhr, war alles wieder in bester Ordnung. Es gehörte sich schließlich nicht, zu spät zu kommen. Rachel und Amy waren früher immer zu spät gekommen. Zum Essen, zum Unterricht, zu Verabredungen, zu Terminen, zu den Ballettstunden. Aber Teenager hatten nun einmal anderes im Sinn, als pünktlich zu sein. Da waren die Jungs, stundenlange Telefonate, Verabredungen im Wald zum Rauchen und Kinobesuche. Ja, vor allem Kinobesuche. Die großen Hollywoodfilme, ja, das war beider Welt gewesen. Rachel und Amy waren einfach unzertrennlich seit ihrer frühesten Kindheit. Beste Freundinnen, eingeschworen gegen den Rest der Welt. Natürlich hatten sie noch andere Freunde gehabt, aber das waren eben nur Freunde gewesen, keine Blutsschwestern. Amy stieg in den Zug ein und suchte im Abteil nach einem freien Platz. Noch bevor sie sich setzen konnte, ertönte ein schriller Pfiff und der Zug setzte sich in Bewegung. Amy setzte sich einem dicken Mann mit Zigarre gegenüber, der nur kurz hinter seiner Zeitung hervorschaute und ihr zum Gruß zunickte. Die anderen vier Plätze im Abteil blieben leer. Amy schaute aus dem Fenster. Viel konnte sie nicht erkennen. Wegen des Nebels, wegen der Dunkelheit. Wie lange dauerte die Fahrt überhaupt? Darum hatte sich Amy gar nicht gekümmert. Vielleicht hätte sie sich doch etwas zum Lesen mitnehmen sollen? Wenn der Mann ihr gegenüber mit seiner Zeitung fertig war, vielleicht konnte sie ihn dann darum bitten? Amy dachte wieder an Rachel. Wie sie sich auf das Wiedersehen freute! Wie lange alles her war. Amy erinnerte sich an den letzten Sommer, bevor der Unfall Rachel und sie auseinandergerissen hatte. Das war kurz vor dem Abitur gewesen. Natürlich hatten Rachel und sie geplant, die gleiche Universität zu besuchen und das Gleiche zu studieren. Literatur. Danach wollten beide zusammen Drehbücher verfassen, ganz große Dramen selbstredend. Amy musste kichern. Ja, sie hatten zweifelsohne schon als Kinder beide einen Hang zur Dramatik gehabt. Dann hatten sie sich verkleidet und Szenen aus Filmen nachgespielt. Natürlich mit noch viel mehr Pathos und Herzschmerz. Rhett Butler, der Scarlett O'Hara auf den Stufen ihres gemeinsamen Hauses zurückließ und im Nebel verschwand. Christine Vole, die ihren Mann Leonard erstach, nachdem sie seiner Untreue gewahr worden war. Julie, die dem schwer erkrankten Geliebten Preston in die Isolation auf einer Leprainsel folgt. George Bailey, der am Weihnachtsabend in den Schoß der Familie zurückkehrt, nachdem ein Engel ihn vor dem Selbstmord gerettet hat. Ja, das waren Rachels und Amys Lieblingsszenen gewesen. Dann folgte der erste Theaterbesuch. *Carmen!* Danach *La Traviata* (Rachels Mutter war eine Opernsängerin gewesen, die aufgrund eines Tumors auf den Stimmbändern ihren Beruf nicht mehr ausüben konnte) und *Hamlet* (ohne Rachels Mutter). Shakespeare! Welche Dramen! *Othello. Macbeth.* Und natürlich *Romeo und Julia.* Selbstverständlich waren Rachel und Amy Mitglieder der Theater AG ihrer Schule gewesen, wurden aber wegen ihres »Overacting« nie in Hauptrollen besetzt. Die Tür zum Abteil öffnete sich. Eine blasse, hagere Frau trat mit einem ebenso blassen und hageren Kind an der Hand ein. Die beiden setzten sich stumm an die Tür. Die Frau hatte Tränen in den Augen. Amy fragte sie, ob alles in Ordnung sei. Aber die Frau schluchzte nur, dass sie den falschen Zug genommen habe und nun nicht mehr umsteigen könne, bis der Zug an einem richtigen Bahnhof hielte. Der dicke Mann mit der Zigarre bekundete sein Mitgefühl. So etwas käme leider immer wieder vor. Amy schaute wieder aus dem Fenster. Der Zug bewegte sich durch ein schwarzes

Nichts. Dann stand das Abi vor der Tür. Die Theater AG hatte sich viel vorgenommen. Zur Abschlussfeier sollte *West Side Story* aufgeführt werden, *der* Erfolg des Kinojahres 1961. Rachel und Amy hatten Rollen als Freundinnen Anitas bekommen. Besser als nichts. Und dann lenkte eines Abends dieser verdammte LKW auf die Gegenspur und einem Taxi blieb nichts anderes übrig, als auf den Gehweg auszuweichen. Mitten hinein in Amy. Sie wurde sofort in ein Krankenhaus gebracht und ins künstliche Koma versetzt. Lange, sehr lange. Rachel hatte Amy jeden Tag besucht. Auch während sie studierte. Auch als klar geworden war, dass Amy nie mehr die Alte sein würde. Dann war Rachel für ein Auslandssemester nach Oxford gegangen. Wieder und wieder hatte sie sich dafür bei Amy entschuldigt, die sich grämte, weil sie der Freundin diesen Aufenthalt doch so sehr gönnte. In Oxford lernte Rachel Maxim kennen. Liebe auf den ersten Blick! Und so stürmisch wie die zwischen Heathcliff und Catherine, wie Rachel in einem ihrer Briefe an Amy betonte. Rachel blieb bei Maxim in England und zwei Jahre später heirateten die beiden. Rachel wurde schwanger und die beiden bekamen einen Sohn. Während Rachel sich ganz um den kleinen Vincent kümmerte, machte Maxim ein Vermögen mit der Pferdezucht seiner Eltern. Dann aber stürzte Maxim bei einem Reitunfall unglücklich und starb drei Monate später an den Folgen. Rachel verließ gebrochen mit ihrem kleinen Sohn England und kehrte als reiche Frau nach Hause zurück. Amy hatte lange gebraucht, bis sie Maxims Tod endlich überwunden hatte. Amy war zu dieser Zeit so wütend auf das Schicksal gewesen, Rachel gleich zweimal eines geliebten Menschen zu berauben. Und sie konnte nichts für die

Freundin tun, außer da zu sein und ihr zuzuhören. Der Zug bremste mit einem Mal stark ab. Lichter tauchten im nebligen Dunkel auf, dann blieb er stehen. Der Bahnsteig war leer, bis zwei Soldaten aus dem Zug stiegen. Der eine hatte einen Verband um den Kopf und lief an einer Krücke, dem anderen fehlte ein Arm. Langsam schlichen die beiden zum Ausgang. Amy sah die Frau in ihrem Abteil an. Die schüttelte nur traurig den Kopf. Nein, das sei nicht der richtige Bahnhof. Amy lächelte sie aufmunternd an. Der dicke Mann blieb hinter seiner Zeitung versteckt. Der Zug fuhr weiter. Amy müsste demnächst am Ziel ankommen. Amy dachte an Rachels Einladung. Keine Stimme der Welt hätte Amy lieber gehört als die von Rachel. Aber Rachel hatte so verängstigt, so traurig, so hoffnungslos geklungen. Was war in der Zwischenzeit geschehen? Rachel lebte jetzt mit Vincent und dessen Frau Miriam in ihrem Haus. Aber Miriam meinte es nicht gut mit Rachel. Die alte Frau war Miriam ein Dorn im Auge, sie wollte sie aus dem Haus haben, wollte an das Vermögen und Vincent für sich alleine, der sich zu einem rückgratlosen Softie (Rachels Worte) entwickelt hatte. Rachel war sich sicher, dass Miriam sie langsam in den Wahnsinn treiben wollte, so wie damals Gregory Anton seine Frau Paula im *Haus der Lady Alquist*. Denn Sachen verschwanden und tauchten an den falschen Orten wieder auf. Nachts öffneten sich Fenster und Türen von allein. Schritte auf den Gängen des großen Hauses, wo niemand lief. Das Telefon klingelte, aber niemand antwortete. Und Rachel fühlte sich von Tag zu Tag schlechter, verließ das Bett kaum noch und konnte kaum mehr klar denken. Wenn Vincent nicht anwesend war, behandelte Miriam Rachel schlecht. Sie beschimpfte und schlug sie, aber immer so, dass Vincent die blauen Flecken nicht sah. Rachel wusste, dass Miriam Vincent dazu überredet hatte, Rachel zu entmündigen und in ein Heim abzuschieben. Wie bitterlich hatte sie geweint, als sie Amy davon berichtet hatte. Wie hatte Rachel gefleht, Amy möge sie nicht im Stich lassen. Amy wusste, am nächsten Bahnhof musste sie aussteigen. Anscheinend auch der dicke Mann ihr gegenüber, der jetzt seine Zeitung zusammenfaltete. Die Lichter des Bahnhofs kamen in Sicht, der Zug bremste. Amy verabschiedete sich von der Frau mit Kind mit einem freundlichen Kopfnicken. Die nickte traurig zurück. Der dicke Mann stieg vor Amy aus und sie erschrak, als sie die klaffende Wunde in dessen Hinterkopf sah. Der dicke Mann verschwand einfach so im Nebel. Ein Pfeifen und der Zug fuhr weiter. Die Lichter des Bahnhofs waren wieder aus. Aber Amy kannte den Weg, auch im Dunkel. Sicher stieg sie den Berg hinauf zu Rachels Haus. Durch das Tor glitt sie einfach hindurch. Kein Fenster war erleuchtet. Amy trat ein. Sie wusste, wo Rachels Schlafzimmer lag. An deren Bett stehend legte Amy Rachel sanft die Hand auf die Stirn. Die öffnete die Augen und weinte, als sie Amy sah.

»Du bist wirklich gekommen«, flüsterte sie dankbar. »Du hast mich gehört. Schau mich nicht an. Alt und runzelig. Und du? So jung, so schön.«

»Was denkst du denn?«, erwiderte Amy, die ihren Tränen freien Lauf ließ. »Blutschwestern bis in die Ewigkeit, erinnerst du dich?«, sagte sie sanft. »Alles andere sind nur Äußerlichkeiten, das weißt du doch!«

Rachel nickte: »Ich habe immer dein Grab besucht, bis ich nicht mehr konnte, und dir jeden Tag einen Brief geschrieben.«

»Ich weiß, meine Liebe. Ich weiß. Ich war mir dessen immer bewusst. Ich habe dir zugehört und jeden einzelnen Brief in meinem Herzen gespeichert. Schlaf jetzt ein wenig. Ab jetzt wird alles gut. Ich bleibe fortan bei dir!«

Rachel drückte Amys Hand. Ihre Augen funkelten mit einem Mal wie früher, wie wenn sie Gary Cooper im Kino mit offenem Mund angehimmelt hatte. Amy verließ das Zimmer und sah sich das Haus an. Es war wirklich schön und jedes einzelne Zimmer trug bis ins Detail Rachels Handschrift. Kein Wunder, dass Miriam das alles für sich haben wollte. Amy hielt vor Miriams Zimmer an. Ab jetzt würde Amy sich um alles kümmern. Wie Miriam wohl damit umgehen würde? Dann glitt sie lautlos durch die Tür. Denn eines war sicher: Im Guten wie im Schlechten, wer sich einmal einen Poltergeist ins Haus einlud, der wurde ihn nicht mehr los.